« … J'ai saisi cette idée en passant, et vite j'ai pris les premiers mots venus pour la fixer, de crainte qu'elle ne s'envole de nouveau…… »
(Nietzsche)

.

Couverture : ANN Maria

NEITH (La mystérieuse nubienne)
© Nathanaël AMAH , 2016   NATHAM Collection

1

Quartier Saint – Jean à Lyon. Samedi. Sept heures du matin. Joli mois de Mai. Belle matinée ensoleillée. A la radio, les infos ordinaires sur une actualité nationale sans grand relief, une actualité de mois de Mai sans événement particulier à l'exception de la météo pour laquelle les prévisions étaient des plus optimistes pour cette belle journée qui s'annonçait.

Comme tous les samedis dans ce magnifique quartier de Lyon, le marché a ouvert ses portes. Des étales, les produits frais exhalent leurs parfums. Les acheteurs, parfois main dans la main, se pressent dans les allées de ce petit marché typiquement lyonnais pour éviter la cohue de fin de matinée.

C'est dans ce quartier de Lyon que Jimmy occupe un appartement depuis son divorce, préférant l'exiguïté de cet endroit au magnifique pavillon de son ex-épouse situé dans une banlieue huppée de Lyon. Il s'y sent bien même si cet appartement est situé dans un vieil immeuble, dans l'un des quartiers les plus touristiques de Lyon. Il avait été séduit par ce quartier et par les très belles cours intérieures ayant conservé des caractéristiques médiévales et par le fait que les rues et ruelles , sont en très grande majorité piétonnes, permettant d'effectuer de longues et agréables promenades.

La décoration de son appartement est plus que sommaire, reflet de son caractère et de sa simplicité dans sa vie de tous les jours. Il se sent chez lui et peut donc vivre une vie en parfaite harmonie avec ses aspirations.

Sur le même palier dans le vieil immeuble tout défraîchi, se trouvent trois autres appartements occupés par des voisins que Jimmy voit très épisodiquement et avec lesquels, il n'entretient pas de relation.

Parmi ses voisins, il y a une actrice de théâtre d'une quarantaine d'années, rousse, à la recherche du rôle de sa vie, passant le clair de son temps à déclamer des vers devant le miroir de sa chambre à coucher; un médecin retraité, veuf de fraîche date, et un gardien de musée un peu porté sur la bouteille, grand amateur de musique militaire.

Se réveiller à sept heures du matin est un luxe pour Jimmy car pendant la semaine, il est généralement réveillé et opérationnel vers cinq heures pour se rendre à son travail chez un «soyeux» qui possède une petite entreprise familiale de soierie créée il y a une centaine d'années.

Graphiste sur soie de profession, Jimmy occupe le poste de responsable du design dans cette soierie et peut donc donner libre cours à son inspiration tout en exerçant ce métier dans la pure tradition plusieurs fois centenaire.

Après avoir paressé un laps de temps dans son petit lit tout en continuant à écouter sa radio-réveil, Jimmy décide de se lever. Pas de but précis dans sa tête, rien de spécial à entreprendre ce matin là. La journée s'annonce belle et radieuse: une promenade matinale s'impose pour respirer et profiter de cet instant rare.

De retour de la cuisine où il vient de mettre en route la cafetière, Jimmy se dirige à présent vers sa petite salle de bain qui fait sa fierté. L'appartement avait été habité par un peintre qui a peint une fresque en trompe l'œil couleur bleu pastel sur le mur carrelé au dessus de la baignoire, donnant ainsi l'impression d'un espace plus important et permettant une rêverie, une évasion pendant l'instant privilégié du bain.

Il faut dire qu'à Lyon, la fresque murale est une vraie tradition, la plus célèbre étant la fresque des "Lyonnais" représentant vingt-cinq personnages historiques lyonnais plus six personnages contemporains sur le bas de la fresque

Sur le chemin de la salle de bain, sa démarche est nonchalante, traînant ses savates comme pour bien marquer ce temps qui lui appartient en cette belle matinée. Ce temps presque sacré et qui n'augure rien d'important et d'urgent.

2

Après un solide petit-déjeuner agrémenté d'une salade de fruits, Jimmy regagne sa chambre à coucher. Il se vêt d'un pantalon jeans, d'une chemise blanche à manches et d'un pull couleur bleu ciel noué autour de son cou.

Ayant fini d'attacher les lacets de ses tennis couleur jeans, Jimmy se précipite hors de l'appartement situé au deuxième étage. Il emprunte les escaliers, tel un sportif, et jaillit dans la rue devant l'immeuble, heureux de profiter de cette matinée radieuse.

Suivant son instinct, il se dirige à présent au gré de son humeur à travers ces rues déjà envahies par toute sorte de personnes vaquant à leurs occupations. Il croise des groupes de touristes dont le programme de la journée incluait le passage obligé dans ce quartier pittoresque de Lyon. Ses oreilles captent toutes sortes de langues mais il ne semble pas se préoccuper de cette invasion dans son cher quartier.

Jimmy avait pris l'habitude de faire son marché le samedi matin, mais ce jour là, son programme était autre : flâner ici ou là. Alors, de rue en rue, de place en place le voilà déambulant avec frénésie, (telle une abeille à la belle saison des floraisons butinant de fleur en fleur), comme si c'est la première fois qu'il découvre ce quartier. Sa joie de vivre est palpable : rien ne peut entacher ou contrarier sa bonne humeur. Il est magnifique à voir. Est-ce l'effet de ces rayons de soleil qui inondent la bonne vieille ville de Lyon de leur chaleur bienfaisante après un hiver particulièrement rigoureux ou bien tout simplement, est-il heureux de vivre, heureux d'être vivant, heureux de cette chance de profiter de la vie et de cet instant si exceptionnellement agréable?

Pour lui, il faut en être (à coup sûr !). Rien ne peut contrarier son bonheur de vivre.

Soudain, sans savoir pourquoi ses pas le

conduisent devant la boutique de ce très ancien bouquiniste. Il s'arrête net comme téléguidé. Un instant plus tard il pénètre machinalement dans la boutique.

Derrière son comptoir, le vieux bouquiniste ne fait attention à personne. Il est plongé dans la lecture de quelques bouquins rares, profitant de ce privilège d'être le dépositaire de ce savoir ancien.

Comment peut-on devenir bouquiniste si par définition, on n'aime pas ce savoir caché, si on ne sait pas débusquer ce savoir ancien à travers ces vieux bouquins qui n'ont pas de prix? Mais paradoxalement, ce savoir est bradé parce qu'il est déclaré "ancien" pour permettre aux amateurs éclairés de profiter de ce savoir dit ancien sans trop de frais.

Le savoir peut- il être obsolète ?   Ceci est un autre débat.

Jimmy est plutôt du genre BD. C'est cette passion à l'origine qui l'a conduit à entreprendre des études de graphiste. Mais dans la BD comme dans beaucoup de domaines, il y a une multitude de candidats et peu d'élus. D'où sa reconversion dans le design appliqué à la soierie.

Mais alors, que fait-il dans cette boutique de vieux livres généralement dédiés ou consacrés à quelques traités austères ? A-t- il en tête une idée bien précise qui l'a irrésistiblement et plus ou moins inconsciemment poussé à pénétrer dans cette boutique ?

Obéissant toujours à cette force étrange, il s'arrête net devant un rayonnage contenant plusieurs livres anciens. Parmi ces livres anciens, son attention est attirée vers un album photos à l'ancienne. Il saisit cet album photos. Il l'ouvre et se rend compte qu'il s'agit d'un album vierge. Il le retourne pour voir le prix de vente et lit : « cinq euros ». Il hésite un moment, puis, met la main à la poche et se dirige vers la caisse.

Après cet achat tout à fait insolite, la frénésie inexpliquée qui animait Jimmy disparut comme par enchantement. Il faut qu'il retourne immédiatement chez lui et il ne sait pas pourquoi. Il revient donc dans l'appartement en montant les escaliers quatre à quatre. Une fois à l'intérieur de son appartement, dans un premier temps, il dépose cet album (toujours enveloppé dans son vieux papier d'emballage) sur son guéridon au milieu de son salon, puis se rend à la cuisine pour se servir un verre d'alcool et revient s'installer devant le guéridon, fixant étrangement cet objet qu'il vient d'acquérir chez le bouquiniste.

Le dernier album photos qu'il avait eu entre les mains, fut un de ceux qui contient les photos de sa fille Sylvia qu'il eut avec Floriane son épouse lyonnaise dont il était divorcé il y a environ deux ans.

Floriane, fille unique d'un riche industriel lyonnais, a épousé Jimmy en seconde noce après un divorce tumultueux, après avoir écumé les mers chaudes des caraïbes pour oublier ce premier mari avec lequel elle n'eut pas d'enfant. Il lui fallait quelqu'un comme Jimmy, pour meubler sa solitude mais également pour le caractère effacé de ce dernier. Caractère idéal facilitant la domination. Floriane est à la fois une dominatrice, une fille à papa, une enfant gâtée. Jimmy a conscience de cet état de fait mais cela ne l'a pas empêché de tomber follement amoureux de cette personne ravissante et délicieuse. De cette union naquit Sylvia âgée aujourd'hui d'une dizaine d'années.

Floriane a consenti à ce que Jimmy emporte cet album familial, album dans lequel les photos de sa fille sont les plus nombreuses et rappellent certains moments importants de leur vie de couple. Et cet album « familial » est en bonne place dans sa bibliothèque. Alors pourquoi ce nouvel album ?

3

Jimmy consacre le reste de la matinée à nettoyer son appartement, passant l'aspirateur de pièce en pièce et remet tout en ordre comme il le fait d'habitude en fin de semaine. Il prépare le sac de linge sale pour la blanchisserie et se repose un instant tout en continuant de s'interroger à propos de son acquisition effectuée quelques heures auparavant.

Après avoir déjeuné avec les restes d'un repas acheté la veille chez un traiteur, Il répond à deux ou trois courriers, libelle des chèques pour régler des factures en souffrance, donne un coup de fil à sa fille pour avoir des nouvelles fraîches de la petite famille. Les nouvelles semblent rassurantes de ce côté-là. Rien d'important : sa fille se porte bien et prépare avec une grande excitation son prochain goûter d'anniversaire avec ses copines. Toujours égale à elle-même Floriane lui raconte ses nouveaux déboires avec sa nouvelle coiffeuse. Elle se sent affreuse avec sa nouvelle coiffure et ne sait plus vers qui se tourner pour dénicher la perle rare susceptible de lui couper les cheveux comme elle l'aurait souhaité. Jimmy écoute tout ceci d'une oreille distraite, se contentant de dire de temps en temps : « Ah bon ? ».

Le vieil album trône toujours à la même place.

La journée se déroule sans histoire, sans nouvelles pulsions, sans nouveaux faits marquants. La « chose » semble actée comme si, il y a eu de façon indéniable les prémisses d'un grand événement en devenir et dont le premier élément vient juste de prendre place.

Pourtant Jimmy n'a pas cette propension à se polluer l'esprit avec des considération en rapport avec les phénomènes paranormaux. Les intuitions prémonitoires ne sont pas son domaine de prédilection.

La vérité est que Jimmy est d'une rationalité déconcertante. Pour lui tout s'explique et à ce titre, il a passé une partie de sa vie de couple à lutter contre Floriane qui elle, est une adepte de spiritisme. Certaines soirées chez eux ressemblaient fortement aux salons de la voyance avec tout ce que cela peut charrier comme relent de l'au-delà. Jimmy déteste ces soirées où il n'a pas sa place même si, ses origines peuvent influer sur sa possible adhésion aux thèses que défend sa chère et tendre épouse Floriane. Sa seule porte de sortie est à cette époque , l'isolement à l'étage avec sa fille.

Jimmy est originaire de l'un des trois grands groupes traditionnels d'îles de l'océan Pacifique, c'est à dire la Mélanésie (îles noires) situées à l'est et au nord de l'Australie.

Des îles Salomon sa terre d'origine, Jimmy a su garder le sens et le respect des traditions ancestrales. Se rendre au bord de la Mer et s'adresser à la Mer sont pour lui des attitudes d'un autre temps mais nécessaires pour invoquer et garder le contact avec les esprits protecteurs de son peuple.

Basée à Honiara (capitale des îles Salomon, située sur l'île Guadalcanal), la famille de

Jimmy a prospéré grâce à l'industrie de pêcherie en haute mer, créée par le grand-père John une cinquantaine d'années avant la naissance de Jimmy. Les activités s'étendent sur l'ensemble des îles Choiseul, New Georgia, Santa Isabel, Malaita et Makira.

De part sa réussite, cette industrie de pêcherie a permis à la famille toute entière d'acquérir une certaine respectabilité au sein de la communauté Salomonienne, et d'envoyer Jimmy faire ses études en Europe.

4

La rencontre de Floriane et de Jimmy s'est faite à Malte au sein d'un groupe de plongée sous-marine. De par ses origines, Jimmy est un grand amateur de plongée sous-marine. Sur son île natale, il avait l'habitude de pratiquer ce sport sans équipement de plongée.

Pour sa par, Floriane a été initiée par son premier mari qui a grandi aux Antilles. Tous les deux ont la passion de la mer.

A cause de cela, un des mages spirites que Floriane fréquente assidûment, a « décrété » qu'elle a été engendrée par un puissant esprit de la mer, et que seule une personne «agréée» par ce puissant esprit de la mer, peut être son mari et surtout demeurer son mari.

En somme, il s'agit de satisfaire aux desiderata de cet "engendreur cosmique" exigeant et sans pitié. Et bien évidemment selon le point de vue de l'honorable mage spirite, le mari « agréé » sera quelqu'un qui ne s'opposera plus aux réunions hebdomadaires au cours desquelles Floriane lâche de nombreux billets de banque sur la table.

Profondément affectée et définitivement marquée par cette révélation , Floriane s'est laissée peu à peu submerger par l'idée de la nécessité de rechercher le « vrai mari » venu des profondeurs des mers et océans comme elle, et qui sera immédiatement reconnu par son mage spirite.

A partir de cet instant, Jimmy ne peut plus lutter contre cette emprise sur son épouse. Mise à part cela, rien ne cloche entre eux, bien au contraire. Les premières années de cette union furent plus qu'heureuses. Floriane est réellement amoureuse de ce garçon des îles lointaines, grand, fort, yeux couleur bronze, cultivé, avec un sens aigu des responsabilités de chef de famille, un peu à la manière salomonienne.

La tradition salomonienne fait partie intégrante de la vie de Jimmy. Mais il est évident que cela ne peut pas s'appliquer en l'état sur cette bonne vieille terre lyonnaise. Même s'il est vrai que la grande majorité de la population salomonienne est de religion chrétienne à 99%, le christianisme a eu une profonde influence même si les structures sociales et coutumes traditionnelles demeurent très importantes et vivaces. De tous temps, les Salomoniens ont vécu très regroupés au sein de leurs groupes familiaux, liés par des normes et obligations communes, non par des attentes individuelles, mais par des pratiques qui encourage à s'occuper d'autrui et à s'entraider pour s'assurer abri, vivres, vêtements, argent et travail. D'autre part, les liens familiaux sont très forts : la famille élargie prend soin des jeunes, des malades et des personnes âgées. Les enfants évoluent librement au sein du groupe familial. Le réseau social garantie une parfaite sécurité protégeant les enfants et la majorité de la population contre la misère.

Cette évidente différence de cultures est palpable au sein de leur couple. Au cours des nombreuses discussions qui animent de temps à autre leurs soirées (hors la présence des mages spirites), à cette différence notable de leurs cultures respectives, vient régulièrement s'ajouter une divergence d'appréciation sur la manière d'éduquer leur fille unique, éducation basée sur les valeurs fondamentales devant régir la façon de se comporter en tout temps face à l'adversité notamment.

Pour Floriane le courage est la valeur sacrée alors que pour Jimmy, la solidarité est le maître-mot. Férue de philosophie, Floriane ne manque pas de rappeler sa vision platonicienne sur la nécessité, soit d'assumer sa peur devant un risque objectif ou considéré comme dangereux dans une situation exceptionnelle, soit l'obligation de prendre en compte le courage ordinaire lorsque l'on doit affronter la quotidienneté douloureuse d'une vie, affectivement, physiquement ou professionnellement. Pour elle, c'est bien dans cette optique qu'il faudra élever sa fille pour la préparer au monde de demain, convaincue elle-même de la difficulté d'être sur cette terre comme elle a l'habitude de le dire, malgré son enfance dorée.

Pour Jimmy, Marc-Aurèle a eu raison lorsqu'il écrivit :

« *Tous les êtres sont liés par un nœud sacré* ».

Cette phrase résume bien sa compréhension de la notion de solidarité, la solidarité entre les hommes étant par essence, une réalité cosmique. Cette conviction lui permet de combattre l'idée du « chacun pour soi ».

5

Lundi matin. Jimmy s'est rendu à son travail comme d'habitude. Comme tous les lundis, réunion au sommet pour examiner les projets en cours et prendre en compte les nouvelles commandes.

Jimmy a la chance de travailler en ce moment sur le projet d'une riche famille du golfe arabo-persique, l'obligeant à repenser la technique traditionnelle des Canuts. L'extravagance de ce riche client, ne tient pas compte des techniques ancestrales en vigueur et les milliers d'heures de travail qui seront nécessaires à l'achèvement de ce projet pharaonique à l'échelle de la petite entreprise dans laquelle Jimmy travaille.

Malgré cette charge de travail, l'esprit de Jimmy se détourne de temps en temps vers cet album resté à la même place sur le guéridon.

Dans son imaginaire d'Être rationnel comme pour le commun des mortels, un album photos sert à ranger des photos. Mais hormis ce rôle «ordinaire» dévolu à un objet «ordinaire», Jimmy peu à peu entrevoit une autre possibilité pour expliquer l'arrivée de cet album de chez le bouquiniste jusqu'à son domicile.

Le poids de la fonction de base de cet album ne lui semble pas correspondre au service qu'il peut en attendre. Ce serait trop banal de penser qu'un album ne servirait qu'à ranger des photos. Jimmy ne veut pas et ne peut pas se satisfaire de cette vision simpliste de cet objet insolite que constitue cet album. Alors son imagination se remet à gamberger.

Pause-déjeuner ultra rapide dans le quartier. Sur le chemin de retour, Jimmy fait un détour par la rue de la République (anciennement rue Impériale) sans trop savoir pourquoi. Il s'engouffre dans un grand magasin HIGH - TECH et décide de s'acheter un appareil photographique moderne et sophistiqué.

Par cet achat, Jimmy semble avoir une fois de plus cédé à une autre pulsion. Peut-être la même que samedi dernier. Qui sait ? S'agit-il d'une seconde étape de ce même événement en préparation ? Un vieil album, un appareil photographique : quoi d'autre encore pour compléter ce que l'on pourrait sans hésitation appeler le « puzzle événementiel» de Jimmy?

De retour chez lui à la fin de sa journée de travail, Jimmy fat quelques essais de prise de vues depuis sa fenêtre au deuxième étage de l'immeuble, et se prend au jeu du parfait photographe. Ce plaisir ne dura qu'un instant. Il range l'appareil dans son étui, le pose au côté de l'album et vaque à ses occupations.

En partant de l'hypothèse que Jimmy ait accompli ces deux achats sans accorder un sens particulier à son comportement, il n'en demeure pas moins qu'il s'agit d'un phénomène qui lui échappe totalement à travers ce processus de mise en œuvre d'actions totalement inconscientes.

Vu de l'extérieur, en quoi ces « micros événements » constituent-ils un problème ?

Sans chercher à élucider nécessairement le mystère entourant tous ces achats, mystère définissant ces comportements pulsionnels dont a fait preuve Jimmy jusqu'à présent, il ne peut s'agir que de la résultante d'une pensée inconsciente visant à établir, voire concrétiser un événement dont personne à cet instant ne peut prévoir l'issu.

6

Un jour, au cours de sa pause méridienne, alors qu'il déambule dans une galerie marchande de la Part-Dieu, l'attention de Jimmy fut attirée par une petite affiche sur laquelle une personne de sexe féminin propose de poser pour un photographe ou pour un peintre. Il s'arrête net devant cette affiche. Il la lit une fois , puis une deuxième fois comme s'il ne comprend pas le sens de cette annonce qui est pourtant simple et claire.

D'autre part, n'étant ni photographe ni peintre, en quoi cette annonce peut-elle représenter un quelconque intérêt pour lui ? Après un court instant d'hésitation, Il détache un feuillet prédécoupé portant mention des coordonnées téléphoniques de la jeune personne, le range bien soigneusement dans sa poche et continue sa visite à travers la galerie.

Depuis sa visite au centre commercial, Jimmy

n'a plus pensé à ce feuillet jusqu'au samedi suivant en préparant le sac de linge sale pour la blanchisserie. En vérifiant les poches de ses chemises avant de les ranger dans le sac, il découvre le fameux feuillet et se souvient tout à coup de cette affiche. Il s'installe sur le rebord de sa baignoire, déplie le feuillet et relit les coordonnées téléphoniques. Pas de nom, pas de prénom, juste le numéro de téléphone. Il laisse tomber ce qu'il est en train de faire, se lève et se précipite au salon. Il saisit le combiné sans fil et compose le numéro inscrit sur le feuillet.

Le cœur battant, il entend une première sonnerie suivie d'une deuxième et soudainement interrompt la communication avant que l'appel n'aboutisse. Il vient de réaliser qu'il n'est ni photographe ni peintre. Pourtant l'envie de parler avec cette personne est plus forte que lui, comme poussé par une nouvelle pulsion, il recompose le numéro.

Après plusieurs sonneries on décroche à l'autre bout du fil.

L'inconnue : « *Allo* »

Jimmy : « *Bonjour, je téléphone au sujet de votre annonce* »

L'inconnue : « *Ah oui, mais j'ai déjà reçu plusieurs propositions* »

Jimmy : « *Ah bon ?...* »

L'inconnue : « *Cela fait plusieurs semaines que j'ai mis cette annonce. Je travaille normalement pour les Beaux Arts en remplacement d'une personne qui en congé maternité. Elle est revenue de son congé et j'ai besoin de trouver un nouvel engagement pour me dépanner ....*»

Jimmy : «*OK, donc vous avez tout ce qu'il vous faut ?* »

L'inconnue : « *En principe oui, mais pourrais-je vous demander ce que vous faites dans ce domaine?* »

Jimmy : « *je ne suis ni photographe, ni peintre. Mais ne vous méprenez pas à mon sujet. Je ne suis pas en train de rechercher une baby-sitter. je n'ai pas de bébé. Je voudrais*

NEITH (La mystérieuse nubienne)

juste participer à un concours et j'ai besoin de réaliser un Book. Vous me comprenez ? »

__L'inconnue__ : « Un Book ? Comme pour les mannequins ? »

__Jimmy__ : « Pas exactement : un mannequin va présenter à travers une série de photos l'étendue de son talent de mannequin, alors que moi je dois montrer que je sais faire des photos »

__L'inconnue__ : « Et quel type de photos vous compter faire ? »

__Jimmy__ : « Je ne sais pas. Il s'agit d'un sujet libre et c'est la première fois que participe à un tel concours. Vous avez une idée de ce nous pourrions faire comme type de photos si vous étiez libre?»

__L'inconnue__ : «C'est à vous de dire..... J'espère que vous n'êtes pas en train de me faire une mauvaise blague ! »

__Jimmy__ : « Pas du tout. »

Jimmy, la peur au ventre sait pertinemment qu'il n'est pas en train de dire la vérité à cette personne qui semble plutôt perplexe face à cet individu qui se présente comme futur participant à un concours de photographie.

Jimmy est dans une improvisation complète sans toutefois savoir où cela peut l'entraîner. Cela le met mal à l'aise, mais semblant toujours être sous le coup de cette pulsion qui ne le quitte plus désormais, il tente le tout pour le tout.

Jimmy : « *Voudriez-vous que nous fassions plus ample connaissance autour d'un verre ce soir ou demain si vous êtes libre ?* »
L'inconnue : « *vous pensez réellement que cela est nécessaire ?* »
Jimmy : « *Oui ! S'il vous plaît, dites oui !* »

Plus aucun son de l'autre côté de la ligne.

Jimmy :«*vous êtes toujours là?* »
L'inconnue : « *Oui* »
Jimmy : « *Alors ?* »
L'inconnue : « *C'est que je ne sais pas quoi dire à mon copain. Il sait que mon agenda est complet.* »

Jimmy sentant « l'affaire » lui échapper ne peut se résoudre à lâcher prise.

Jimmy : « *Ok ok ! Je vous donne mes coordonnées et j'espère avoir de vos nouvelles très bientôt* »

Jimmy fit noter son numéro de téléphone ainsi que son adresse complète. L'inconnue le remercie et met fin à la communication.

7

Plusieurs semaines se sont écoulées depuis ce coup de fil totalement improvisé. La vie semble suivre paisiblement son cours dans le petit appartement du vieil immeuble. L'ancien album tout neuf et le nouvel appareil photographique sont toujours à la même place au milieu du salon sur le guéridon.

Entre-temps, le très attendu et très « couru » goûter d'anniversaire de Mlle Sylvia a eu lieu en présence de ses grands-parents maternels, de nombreuses copines et bien entendu du mage spirite dont la seule présence garantissait à ce qu'il paraît, le bon déroulement de ce goûter, au grand désespoir de Jimmy.

C'était l'occasion pour Floriane et Jimmy de se revoir. Aux dernières nouvelles, Floriane est toujours en quête de son « fiancé cosmique », activement aidée par le très honorable mage spirite.

Un soir vers 20heures, on sonne à la porte. Jimmy qui ne reçoit quasiment jamais de visite se demande qui cela peut bien être à cette heure tardive de la soirée.

Il fait chaud. Jimmy, vêtu d'un simple short d'été se lève et se dirige vers la porte d'entrée et demande :

« Qui est là ? »

Une voix féminine derrière la porte répond :

« Neith »

Jimmy qui ne connaît personne à Lyon répondant à ce prénom, reste quelques secondes sans voix, puis :

« Que me voulez- vous ?»

La voix derrière la porte :

« Je suis la personne que

vous avez contactée pour le concours de photos. Je vous dérange ? »

　　　Jimmy : « *Un instant s'il vous plaît* »

Jimmy se précipite dans la chambre à coucher pour se vêtir de façon plus adéquate, puis revient ouvrir la porte.

　　　Neith (le sourire aux lèves) : « *Bonsoir, je vous dérange ?* »

Jimmy n'en revient pas : en ouvrant la porte, il découvre la plus belle créature qu'il lui ait jamais été donné de voir. Il avait face à lui une Nubienne. Un teint indéfinissable issu d'un savant métissage égypto-soudanaise, un visage ovale, le nez fin, une bouche discrète, les yeux couleur marron clair et disposés en amandes, les cheveux longs, noirs ébène. Allure svelte, une poitrine discrète, taille dans la moyenne supérieure.

Neith est vêtue d'un pantalon blanc, d'un dessus azure et d'une paire de ballerines vernies de couleur rouge-sang. Son visage est souriant, extraordinairement rayonnant.

En Égypte ancienne, son prénom signifie : « Mère Divine ». Prénom qu'elle hérita de sa grand-mère, personnage très religieux et qui voulait qu'elle se consacrât elle aussi à des occupations religieuses. Mais Neith en décida autrement, menant pendant des années des études de Lettres classiques, notamment à la faculté des lettres et de la linguistique de Besançon. Et puis un jour, elle rencontra un compatriote qui lui demanda de le suivre à Lyon, ville dont il avait à plusieurs reprises venté le charme pour qu'elle aille s'y installer. Ce qui fut fait, mais pour très peu de temps car ce charmant compatriote aimait également les belles lyonnaises.

Neith n'eut d'autre recours que de rechercher le moyen de gagner dignement sa vie. Le fait de poser pour les peintres ou pour les photographes, n'est pas une attitude naturelle pour elle, de part sa propre nature empreinte de pudeur, mais également à cause de l'éducation stricte qu'elle a reçue de sa grand-mère qui l'avait élevée après le décès de sa mère lorsqu'elle avait une dizaine d'années.

8

Jimmy **:** *« Ne restez pas à la porte, Je vous en prie, entrez »*
Neith **:** *« Merci »*

Neith, sans perdre un instant pénétre dans l'appartement d'un pas hésitant, un peu gênée d'avoir effectué cette visite de façon impromptue. Cette façon d'agir est dans sa nature : spontanée, un peu casse-cou mais extrêmement lucide. Jimmy referme la porte.

Jimmy : *« prenez place s'il vous plaît »*

Neith s'exécute et s'installe dans le sofa. Jimmy prend place face à elle dans un des fauteuils.

Jimmy : *« Café ?»*
Neith : *« Vous n'avez rien*

de plus fort ? Je crains de ne pouvoir dormir si je prends un café à cette heure-ci »

    Jimmy *: « Whisky ? Cognac ? »*

    Neith *: « Cognac si vous voulez bien »*

Jimmy disparaît un moment dans la cuisine puis revient avec la bouteille de cognac, deux verres. Il fait le service un peu tremblotant tout en imaginant la suite des événements.

    Jimmy : « Santé ! »
    Neith : « Santé !»

Cognac ordinaire. Premières gorgées . Pas de réaction de la part de Neith. Jimmy tente d'adopter une posture naturelle, croisant puis décroisant les jambes. Neith observe tout ceci, le verre enserré dans les paumes de ses mains, et dégustant son cognac calmement. comme pour se donner du courage.

    Neith : « Alors dites-mois

c'est quoi ce concours ? »

Jimmy se sent pris au piège mais tente une diversion :

> *«Et votre copain ? Vous avez pu vous libérer ? »*
> ***Neith*** *: « Oui »*
> ***Neith*** *: « Alors ? »*

Neith se fait de plus en plus pressante.

> ***Jimmy*** *: « ... Je voulais participer à ce concours .... »*
> ***Neith*** *: « Et vous ne voulez plus ? »*
> ***Jimmy*** *: « ...mais en vous voyant je me suis dit que ... »*
> ***Neith*** *: « Je ne corresponds pas à ce que vous recherchiez ? »*

Face à cette déferlante de répliques cinglantes à chacune de ses tentatives de réponse, Jimmy ne sait plus où donner de la tête. Les répliques de Neith tranchent singulièrement avec l'apparente douceur de son magnifique visage.

Neith : « *Il n'y a pas de concours n'est ce pas ?* » dit-elle calmement.

Avant même que Jimmy ne réponde à cette ultime question, Neith saisit la bouteille de cognac et se ressert une bonne rasade. Jimmy fait la même chose : fichu pour fichu, autant perdre la face avec un verre de cognac à la main. Sûrement un vieil adage salomonien !

Soudain :

Neith : « *Vous me faites visiter votre appartement et peut-être votre studio photo?* »

Jimmy sent le fauteuil se dérober sous ses fesses.

Jimmy : « *OK !* »

Neith se met debout, toujours le verre de

cognac enserré entre ses mains, prête à effectuer la visite de l'appartement. Jimmy n'eut d'autre choix que de se levez à son tour pour servir de guide en prélude à ce qui pour lui, va être l'humiliation suprême de sa vie, lui qui a toujours su contrôler les événements dans sa vie et autour de sa vie.

Le cognac aidant, Jimmy reprend l'initiative et ouvre la marche en direction de la cuisine. Neith le suit comme son ombre et passe la tête à travers la porte pour découvrir la cuisine : fonctionnelle mais minuscule. Retour au salon.

Jimmy : « *le salon* »

Neith esquisse un sourire.

Neith : « *ça, je connais déjà !* »

Jimmy ne se laisse pas démonter :

« *Oui mais parquet d'époque !* »

NEITH (La mystérieuse nubienne)

Neith esquisse un nouveau sourire. Jimmy poursuit la visite en ouvrant la porte des toilettes.

Jimmy : « *Cuvette pas d'époque. Je suis désolé* »

Cette fois-ci Neith éclate de rire. La visite se poursuit. Tout à coup, Jimmy eut la brillante idée de se diriger vers la salle de bain et déclare d'une voix claire en ouvrant la porte de la salle de bain :

«*Mon studio! Voici mon studio!*»

Neith découvre avec une grande surprise cette magnifique et inattendue fresque au dessus de la baignoire. Elle reste un moment sans voix puis :

« *Je devrais prendre un bain alors ?* »

Au tour de Jimmy de sourire.

> **Jimmy** : « *oui dans une certaine mesure. …….. Depuis le temps que j'entends parler de sirène, je vais enfin pouvoir photographier une vraie sirène. Ce sera le thème de mes photos, bien sûr si vous êtes toujours d'accord pour reconsidérer ma proposition.* »
>
> **Neith** : « *Donc vous voulez dire qu'il y a vraiment un concours de photos ?*

Jimmy ne répond pas à la question et poursuit la visite.

> **Jimmy** : « *ma chambre* »

Neith entre dans la chambre. Elle fait quelques pas puis se retourne et pose à nouveau la question :

> « *Il y a vraiment un*

concours photos? »

Jimmy entre à son tour dans la chambre son verre de cognac à la main. Il s'assoit au pied de son lit. Neith se tient face à lui adossée au mur.

***Jimmy** : « …. Voyez-vous, c'est une longue histoire. Je vais essayer de vous expliquer. … »*

Pendant plusieurs minutes, (le cognac l'ayant complètement et définitivement désinhibé), Jimmy raconte une histoire à dormir debout, tentant d'expliquer tant bien que mal pourquoi il l'avait contactée.

Stoïquement Neith l'écoute puis prend congé.

9

Neith s'en est allée dans la nuit comme elle était venue. Jimmy referme la porte et revient au salon. Un mélange de vapeur de cognac et d'effluves du parfum de Neith flotte dans l'air. Jimmy ouvre la fenêtre pour aérer les lieux. A-t-il rêvé ? Qu'a-t-il raconté à Neith ? Qu'a-t-il promis ?

Pas capable de réaliser ce qui vient de se passer, Jimmy se laisse glisser dans le sofa. Ce n'est plus le même homme d'avant la visite surprise de Neith. Face à lui sur le guéridon, toujours ces deux objets étranges que constituent le vieil album tout neuf et le nouvel appareil photographique. Ces deux objets prennent tout à coup une signification particulière suite à cette visite qui semble s'inscrire dans la même logique que les précédents événements ayant concouru de façon « mystérieuse » à l'achat imprévu du vieil album photos et de l'appareil photographique.

Soudain le téléphone sonne, l'extirpant de sa torpeur.

Jimmy : « *Allo* »

Aucune réponse à l'autre bout du fil. Jimmy peut à peine deviner un bruit de respiration dans son combiné.

Jimmy : « *Allo !* »

A l'autre bout du fil après encore quelques secondes de silence :

> « *C'est moi …… la sirène ! … C'est vrai tout ce que vous m'avez raconté ?*»

Avant toute chose, pour Jimmy, il faut à tout prix recentrer ses esprits embrumés et impérativement se souvenir de ce qui a été dit dans sa chambre il y a à peine une heure. Comment se souvenir de ce qui a été dit alors qu'il ne peut absolument pas le faire dans la mesure où il était indéniablement comme dans un état second durant toute cette partie de la soirée qu'il vient de passer avec Neith ?! État second non pas à cause du cognac, mais parce que toute cette histoire ne repose sur rien, bien que les événements semblent contredire cette thèse.

Répondre à cette question que vient de lui poser Neith, ne relève pas de son seul entendement. Il semble en fait que durant ces longues minutes pendant lesquelles il a fallu exposer et expliquer son pseudo « projet » à Neith, il était en action tel un acteur, tout entièrement concentré sur la nécessité de convaincre Neith de prendre part à ce mystérieux projet. Dans la chambre à coucher, il était dans la peau d'une « personne » répondant à un stimuli dont il n'avait aucunement conscience, ignorant la portée, l'importance et les conséquences de ses déclarations. Jimmy est comme frappé d'une amnésie soudaine comme si tout ce qu'il avait dit dans sa chambre à coucher, n'avait pas été dit par lui.

Cette simple question qui appelle une réponse simple, devient très compliquée pour lui. La parfaite légitimité de cette question risque toutefois de ramener Jimmy à une certaine réalité comme si depuis son domicile, Neith est en train de le regarder droit dans les yeux afin de s'assurer qu'elle peut ou non lui faire confiance.

Jimmy : «*Oui !* »

Il y a une particularité chez Neith : à la fois curieuse, mais pas trop, sceptique mais juste ce qu'il faut, méfiante si son instinct lui commande de l'être.

Dans cette « partie » dans laquelle elle vient de s'engager avec comme partenaire un individu qu'elle connaît à peine et dont elle ne sait rien, elle n'arrive pas à se déterminer.

Paradoxalement, elle se sent captive de ce « partenariat » : elle ne se sent ni méfiante, ni confiante. Une sorte de neutralité ou une totale absence de volonté. Rien ne peut la faire pencher d'un côté ou de l'autre. En effet, quoi de plus simple pour elle que de décliner l'offre ? Au lieu de cela, la voilà en marche vers l'inconnu. Elle veut probablement exprimer une forme de liberté de pensée, une liberté totale d'attitude et d'action. Intuitivement, la « voix » de cet inconnu vers lequel elle est désireuse et prête à se diriger, peut ressembler étrangement à la voix de la destinée car dans cette affaire, elle semble vouloir se réfugier dans ce qu'elle ignore.

Neith : « *C'est quoi cette histoire de sirène ?* »

Le mystère s'épaissit. Pourquoi à présent, elle lui parle de sirène ? Ah oui, Jimmy se souvient de ses propos dans la salle de bain et de son allusion à la sirène. Cependant, en y réfléchissant plus sérieusement, l'évocation de cette sirène est liée non pas aux prochaines séances de prises de vues aquatiques, mais à son douloureux passé entre Floriane et le mage spirite.

« Officiellement » selon les conclusions de la très sérieuse étude menée par le non moins honorable mage spirite au sujet de Floriane, cette dernière serait une sorte de sirène puisque engendrée par un puissant esprit venu du fond des mers. Allégations auxquelles Floriane avait parfaitement et totalement adhéré et qui avaient été le point de départ de la séparation, puis du divorce du couple.

10

Prénommé Youssoufou, le mage spirite est originaire d'un pays de l'est africain, ayant fui son pays en guerre et installé de longues dates dans la capitale des Gaules pour faire prospérer ses activités de mage spirite.

Il jouit d'un important crédit dans ce milieu où le désœuvrement (corollaire d'une certaine aisance financière) rend les personnes qu'il approche, totalement réceptives à ses allégations, prévisions ou sentences.

Plusieurs de ses « Amis » ont fait sa fortune. En conséquence de quoi, il s'est fait construire dans la banlieue chic de Lyon, un magnifique pavillon dans lequel ses trois co-épouses et leurs nombreux enfants coulent des jours paisibles grâce au « commerce » florissant du maître des lieux au nez et à la barbe des autorités.

Le fond de commerce de Youssoufou est

invariablement basé sur sa « capacité » à rétablir (soi-disant) les liens entre les esprits de la mer et les pauvres âmes qui n'ont pas la conscience ou la connaissance de leur « lignée » avec lesdits esprits de la mer, lignée grâce à laquelle les personnes concernées (de préférence déjà très riches) ont acquis leur fortune venue tout droit des fonds marins, (selon le très respectable mage), fortune généreusement relayée par ces puissants esprits marins (mâles et femelles) et qui attendent en retour considération et reconnaissance à leurs égards. Son rôle vise donc à se proposer comme l'incontournable ami et intermédiaire, dépositaire des us et coutumes en vigueur dans les fonds marins pour approcher et consulter ces puissants esprits de la mer à qui il rend visite à la belle saison, de temps à autre, soit à Deauville, soit à Cannes, tous frais payés et avec de confortables moyens pour les offrandes. Il fallait bien ces hauts lieux de prestige pour établir le contact et s'entretenir avec ses illustres interlocuteurs .

Concernant Floriane, les conclusions du mage étaient sans appel : Floriane est une sirène de la lignée de la déesse des mers. Jimmy ne sait que trop les ravages que ces allégations ont produits sur son ex.

Depuis ce temps, pour lui, le mot « sirène » a une signification et un goût particuliers.

Jimmy : « *Je ne sais plus ce que j'ai pu bien vous dire à propos de sirène, mais sachez que j'ai vécu avec une sirène dans une autre vie.* »
Neith : « *Oh vraiment ?* »
Jimmy : « *Oui ! Si vous voulez bien, arrêtons de parler de ça* »

Neith : « *OK ! ..... On se revoit quand, Je veux dire pour les photos ?* »
Jimmy : « *Vous voulez vraiment ?* »
Neith : « *Oui ! Mais je ne pourrai venir que le soir.* »

Jimmy : « *Et votre copain ? J'ai cru comprendre que… »*

Avant même que Jimmy terminât sa phrase, Neith l'interrompit aussitôt d'une voix sèche :

« Je n'ai pas de copain.. . Du moins pas en ce moment. »

Jimmy : « *OK ! La semaine prochaine ? J'ai des congés à prendre, et je pourrai consacrer du temps à la préparation des séances »*

Neith : « *Parfait ! Bonsoir »*

Fin de la communication.

Pour clôturer cette soirée riche en rebondissements, Neith prend un bain chaud avant d'aller se coucher.

Elle n'a pas tout compris. Mais, elle est bien consciente que rien n'est « normal » dans cette affaire. Cependant, elle n'a pas envie de se protéger. Elle veut participer à ces séances photos. Elle veut faire cette expérience sans trop savoir pourquoi. Dans un rôle de sirène dans une baignoire ou bien allongée devant les étudiants des Beaux-Arts, pour elle, jusqu'à cet instant, cela ne fait aucune différence même si les données de base ne répondent pas aux critères habituellement pris en compte pour accepter et honorer un contrat de ce type.

Cette rencontre avec Jimmy l'avait rendue quelque peu nerveuse et elle ne peut pas s'en dormir. Elle décroche à nouveau le combiné de son téléphone et recompose le numéro de Jimmy.

Situation identique chez Jimmy, toujours assis sur son sofa, finissant son fond de cognac.

Jimmy : « *Allo* ».

Neith du fond de son lit :

« *C'est encore moi. Je*

vous dérange?»

Jimmy : *« Non, je ne suis pas encore couché. »*

Neith : *« Moi je n'arrive pas à dormir..»*

Jimmy : *«Que faut-il faire? Vous voulez une berceuse? »*

Neith : *« ... Vous voulez venir voir où j'habite ? »*

Jimmy : *« Maintenant ? »*

Neith : *« Oui, j'aimerais bien »*

Jimmy, de plus en plus perplexe face à cet ultime rebondissement au cours de cette soirée qui n'en finit pas. Après quelques secondes d'hésitation:

« ...Ce ne serait pas raisonnable .... On travaille demain : vous vous souvenez ? »

Neith : *« vous resterez juste 5 minutes. Dites oui ! »*

Jimmy lève le bras et consulte sa montre : 23 heures.

« Il est tard : ce ne serait vraiment pas raisonnable. Remettons cela à demain si vous le voulez bien»
Neith *: «Vous ne resterez que 5 minutes»*

Jimmy ne sait pas quoi faire. Va t-il prendre le risque de déplaire à Neith qu'il a eu tant de mal à convaincre ? A-t-il vraiment la capacité de décider quoi que ce soit dans cette affaire ? La situation semble lui échapper totalement encore une fois. Il jette un dernier coup d'œil à sa montre :

« OK, juste 5 minutes »
Neith *: « Je vous attends »*

11

Jimmy saute dans un taxi qui démarre en trombe. Blotti à l'arrière du taxi, Jimmy n'en revient pas de ce qu'il est en train de faire. Dans ses oreilles raisonne encore la voix de Neith : « Je vous attends ». Une voix particulière laissant apparaître une certaine froideur, une élocution parfaitement maîtrisée, ni trop rapide ni trop lente mais exprimant les choses avec calme et détermination.

Le taxi vient de quitter le vieux Lyon en direction de Bellecour. Jimmy est toujours dans ses pensées. Il n'arrive pas à trouver un sens à cette soirée qui a débuté de façon bizarre et qui se poursuit de la même manière. Guillotière - Le taxi poursuit son chemin, conduisant Jimmy vers Neith. – Saxe Gambetta – Trafic important. Le taxi ralentit sa course. Jimmy jette un dernier coup d'œil à sa montre. Presque minuit. – Laënnec -   Le taxi marque un arrêt au feu devant la faculté de médecine. Neith n'est plus loin. Dernière ligne droite. Jimmy commence à se sentir pas bien. Enfin Vénissieux à l'adresse indiquée.

Jimmy règle la note et sort du taxi. Devant l'immeuble, il marque un temps d'arrêt avant de s'engager dans le hall d'entrée. Un coup sec sur le bouton de l'interphone. Quelques secondes plus tard, clic d'ouvert de la porte d'entrée. Jimmy se dirige à présent vers l'ascenseur qui mit un certain temps avant d'arriver. Dernière occasion pour lui de faire demi-tour et de rentrer chez lui. Mais poussé par cette force qu'il n'arrive toujours pas à contrôler, il appuya sur le bouton n° 8. La porte de l'ascenseur se referme. Démarrage du vieil l'ascenseur poussif. L'ascenseur le conduit tant bien que mal au huitième étage. Pas de record de vitesse. Hors de l'ascenseur, Jimmy découvre sur le palier, quatre portes d'appartements. Une des portes est entrouverte laissant apparaître une faible lueur à l'intérieur. D'un pas hésitant, Jimmy se dirige vers cette porte et s'annonce.

«Neith!   C'est moi ...

Jimmy ... me voila ! ... On a bien dit 5 minutes n'est ce pas ?»

Comme venue de nulle part, Neith apparaît devant Jimmy et l'invite à entrer avant de refermer la porte derrière lui.

Ce n'est plus la même personne . Elle qui semblait moderne dans sa tenue printannière de début de soirée , s'est métamorphosée en une femme orientale portant une sorte se sari de couleur rose pâle, les cheveux flottant pardessus ses épaules , les yeux démaquillés, mais les lèvres peintes d'un rouge vif.

Le parfum de Neith n'est plus du tout le même qu'en début de soirée. Etrangement, Jimmy semble connaître cette fragrance.

Depuis l'arrivée et l'accueil de Jimmy, Neith n'a pas désseré les dents, se contentant juste de sourire comme pour xprimer une certaine satisfaction de l'avoir là, face à elle en cette heure tardive de la nuit.

Neith lui tend un verre contenant de la prune
et ajouta :

« *Vous voulez manger
quelques chose ? »*

Jimmy esquissa un sourire et rétorqua :

« Vous avez vu l'heure ? »
Neith *: « Oui ! Et alors ?
Moi à cette heure-ci j'ai
toujours un peu faim »*

Ceci dit, Neith se dirige vers la cuisine. Elle
avait déjà préparé une collation composée
d'un peu de rosette et de fromage. Sur le
plateau, deux verres et une bouteille de vin
rouge.

Elle s'installe à la petite table de la cuisine,
invitant par la même occasion Jimmy à
prendre place face à elle. Jimmy s'exécute.
Neith pousse la bouteille de vin vers lui.
Jimmy :

« Le tir bouchon »

Neith : « dans le tiroir »

Jimmy n'en croit pas à ses oreilles. Il regarde tout autour pour localiser ledit tiroir à tir bouchon.

Neith : « Derrière moi »
Jimmy : « Merci »

Jimmy se lève et va chercher le tir bouchon largement à la portée de Neith. En passant derrière elle pour atteindre le tiroir, il remarque une fois de plus le parfum qui lui est familier. Il revient à sa place, saisit la bouteille et la débouche.

Petit cérémonial comme il se doit pour tester le vin, puis remplissage des verres. Silence absolu entre les deux. Neith pioche à même le plat de service, ce que Jimmy n'ose pas faire. Il se contente de marquer le coup en prenant un peu de fromage.

Une demi-heure plus tard, la collation prend

fin. La bouteille de vin a beaucoup souffert. Neith se sent bien. Elle invite Jimmy à retourner au salon. Elle ne semble par faire cas de l'impatience de Jimmy à mettre un terme à cette visite, avec en ligne de mire, sa nuit déjà bien hypothéquée.

La surprise de Jimmy atteint son paroxysme lorsqu'il entend Neith lui dire :

« Enlevez votre chemise … je voudrais vous masser les épaules …vous semblez noué »

Aussitôt dit, Neith se lève et disparaît dans sa chambre. Elle revient avec une fiole contenant un onguent d'un drôle d'aspect. Jimmy reste sans voix puis dans un dernier élan pour essayer de s'échapper de cette soirée, il osa dire d'une voix presque éteinte :

« Écoutez, il faut que je m'en aille. Il est presque 1h30, j'ai du chemin à faire et je dois me réveiller de bonne heure. »

Devant l'indifférence de Neith, il ajoute :

« La semaine prochaine je serai en congés. Vous pourrez me prodiguer tous les massages que vous voudrez. Mais pour ce soir, Il faut vraiment que je parte. Pourriez-vous m'appeler un taxi ? »

Neith est sourde à toutes ses suppliques. Elle s'approche et commence d'une main ferme et décidée, à lui déboutonner sa chemise. A nouveau, ce parfum si caractéristique vient lui chatouiller les narines. Jimmy essaie de se rappeler d'où il connaissait cette fragrance. Sa mémoire lui fait défaut. Il n'ose cependant pas demander ce qu'est ce parfum. La recherche de l'origine de ce parfum dans son souvenir, devient peu à peu une obsession pour lui.

Une fois hors de sa chemise, Neith l'oblige à se mettre sur le ventre les deux bras placés tout au long de son corps. Elle ouvre la fiole et prélève une noisette de cet onguent, puis après avoir réchauffé le produit par le frottement des paumes, elle se met à masser effectivement les épaules de Jimmy. Son expertise en la matière est telle que Jimmy a fini par s'assoupir. Environ une heure plus tard, Jimmy se réveille en sursaut. Il est toujours sur le sofa, toujours sur le ventre, visiblement étourdi par ce massage des plus bénéfiques qu'il n'ait jamais reçu dans sa vie, lui qui est un grand amateur de sauna et de massage. Par contre, Neith n'est pas dans le salon faiblement éclairé par la lueur d'une grosse bougie parfumée.

Dans un dernier effort, Jimmy s'extirpe du sofa et se met en quête de retrouver son hôtesse après l'avoir appelée par deux fois en vain. Un premier coup d'œil à la cuisine sans succès. Il remarque que la seconde porte donnant sur le salon est entrebâillée. Il se dirige vers cette porte qui est en fait la porte de la chambre à coucher. Il s'approche et découvre Neith dans cette pièce faiblement éclairée, étendue sur son lit, le corps dénudé avec juste un bout de drap posé pudiquement sur son ventre. Elle semble dormir à point fermé. Mais au moment où Jimmy prend la décision de s'en allez sur la pointe des pieds, il entend :

« Vous me quittez déjà? »

Jimmy *: « Oui ! J'ai à peine le temps de rentrer me changer et aller travailler. Pourriez-vous m'appeler un taxi ?»*

12

Enfin de retour chez lui, Jimmy ne peut résister à l'envie de se mettre au lit. Il n'en pouvait plus. Il est midi passé quand il ouvrit les yeux. Il se précipite sur le téléphone pour informer son patron de sa « subite » indisposition en bégayant à moitié et en donnant force détails sur une curieuse grippe intestinale survenue au cours de la nuit. Il n'eut aucun mal à le convaincre et se remet tranquillement au lit sans se douter que l'obsession du parfum allait continuer à l'habiter.

Pour que ce parfum soit devenu une obsession pour lui, il faut que sa fragrance soit réellement particulière. En effet, il ne s'agit pas d'une de ces compositions florales selon les bonnes vieilles méthodes traditionnelles d'assemblage des senteurs, des arômes, assemblage savamment orchestré par les Maîtres parfumeurs, mais il semble (et c'est la raison pour laquelle Jimmy a capté si vite cette curieuse senteur) que l'accord de ce parfum soit fait sur la base d'une association de composantes de type oriental, peut-être de l'encens (patchouli ou benjoin), de la vanille, une forte concentration d'extraits de plantes diverses, etc … . Le tout exhalant une forte odeur de plantes, produisant un effet caractéristique et délivrant un message chimique bien particulier.

Jimmy a toujours eu le nez fin. Il est capable de capter les odeurs et d'en analyser la composition. C'est une disposition qui lui sert beaucoup dans le domaine culinaire sans pour autant se prétendre « nez » et caresser des rêves de fabricant de parfums.

La question est : pourquoi Neith porte ce parfum si particulier ? Malgré son état de fatigue, cette question récurrente hante désormais son esprit. Il veut comprendre comment une odeur si particulière, si caractéristique, si rare puisse se retrouver véhiculée par deux personnes différentes car il s'agit bien d'une odeur qui lui était familière donc initialement détectée et remarquée dans son environnement immédiat.

Si le hasard induit le caractère fortuit d'un

phénomène, Jimmy ne peut se résoudre à considérer comme pure coïncidence ce qu'il est en train de constater, et qu'il n'y aurait pas de lien supposé ou avéré entre ces deux réalités. Il existerait donc bel et bien un lien. Mais lequel ?

Pour lui, une telle coïncidence ne peut résulter que de la combinaison extraordinaire de micro liens comparables aux vaisseaux sanguins menant le sang vers le cœur, via les artères .

Il en a perdu le sommeil. L'oreiller en appui sur le mur au chevet du lit, Jimmy se hissa et s'installe un peu assis, un peu couché et se met à réfléchir sur ce mystère qu'il n'arrive pas à élucider. Il faut qu'il détermine le lien qui peut exister entre Neith et ce qu'il appelle son « environnement immédiat» même si cela lui semble totalement improbable.

D'autre part et procédant par déduction, il comprend parfaitement que Neith ait cette attirance pour ces senteurs orientales. Ce qui n'est pas étonnant puisque Neith est une nubienne. Et qui dit « Nubie » dit (en partie)

« Égypte » et qui dit « Égypte» dit parfums réservés aux divinités, parfums dont les secrets de fabrications étaient jalousement préservés par les prêtres et qui permettaient aux dieux d'exhaler une odeur envoûtante. Il s'est d'ailleurs chuchoté que lorsque le dieu Amon s'était pris d'amour pour une reine, il allait la visiter en prenant la forme d'un roi, mais sa divine fragrance trahissait son identité réelle.

Une nouvelle interrogation pour la pauvre tête de Jimmy : pourquoi un autre type de parfum quelques heures avant lors de sa visite chez lui et cette fragrance le soir chez elle, même si elle était apparue en tenue orientale?

Un détail semble l'avoir marqué : le très faible éclairage de l'appartement de Neith (dont il n'avait pas vu grand-chose), éclairage essentiellement à base de bougies de cire d'abeille reconnaissables par leur aspect jaunâtre et gaufré. Il se souvient tout à coup de cette similitude constatée chez son ex les derniers temps avant leur séparation effective. Mais bien vite, il s'écarte de cette idée qui est juste une vague réminiscence.

Floriane lui expliquait à cette époque les raisons de cet usage de bougie de cire d'abeille. Selon elle, il faut créer une atmosphère propice à la méditation et permettre aux esprits supérieurs de descendre dans les lieux pour effectuer leurs actions bénéfiques etc … . Les bougies de cire d'abeille de part leur pureté (ne contenant ni parfum, ni colorants), étaient nécessaires pour ces types de méditation, la source de lumière électrique étant formellement prohibée selon le mage spirite de part les interférences qu'elle peut produire.

Et pour finir, comment peut-il être possible de relier Floriane à Neith ? Il se souvient parfaitement de la manière dont il a fait la connaissance de Neith. Ce qui d'un point de vue statistique, place cette probabilité très exactement à 1 contre 1.800.000 (soit à peu près la population de Lyon et son agglomération). Par conséquent, son esprit s'éloigne bien vite de cette hypothèse.

Pourtant subsiste dans son esprit l'idée persistante et lancinante selon laquelle il existe un lien reliant Neith à son passé. Le voilà donc, toujours assis dans son lit, se remémorant sa vie passée : comment tout avait commencé, comment tout s'est terminé. Il n'est pas l'homme parfait, mais il aimait sincèrement Floriane. Il avait tout mis en œuvre pour la protéger contre elle-même, contre ses excès, contre sa naïveté, contre tous ces « vautours » qui n'en voulaient qu'à son argent. Mais il fallait qu'elle fasse sa propre expérience pour comprendre les choses, et découvrir ce qu'est l'être humain, selon ses propres dires. Avec elle, la discussion était impossible comme il est impossible de discuter avec une personne qui prétend ne pas rechercher la vérité, car la possédant déjà, mais qui est en quête de sa « propre vérité » pour construire sa propre vision de la vie avec autour d'elle tous les ingrédients susceptibles de fausser son jugement.

Comment considérer le jugement d'une personne qui met fin à plusieurs années de mariage au seul motif que son « fiancé cosmique » n'est pas d'accord avec le choix de l'homme qu'elle avait choisi, aimé et épousé ? Comment se satisfaire de cette vision simpliste savamment construite par des mois et des mois de lavage de cerveau par un mage spirite qui visiblement lui voulait le plus grand bien ? Avait-elle encore le sens des réalités?

Avait-elle la capacité de ressentir ce qu'est le bonheur? Comment reconnaître le bonheur si elle ne prend pas la peine de se poser un instant, pour en parcourir les contours et finalement apprécier les bienfaits ? Comment savoir si on est heureux , si on ne se concentre pas sur un sentiment à la fois ? ….

Jimmy a le cœur lourd. Le temps n'efface pas sa peine. Son cœur continue de saigner en secret. C'est un crève-cœur pour lui de voir Sylvia grandir dans cette ambiance ésotérique, malsaine et terriblement destructrice. Il ne voulait pas ajouter du traumatisme au traumatisme en tentant une quelconque action en justice. L'important, c'est de faire en sorte que chaque seconde passée avec Sylvia, soit le gage qu'elle reparte vers sa mère un peu plus « armée » jour après jour pour supporter ce climat détestable créé par l'entourage de Floriane et son cercle d'amis.

13

Premier jour de congés. L'intention première exprimée par Jimmy est d'aller se mettre au vert, se reposer, récupérer de l'énergie et passer du temps avec sa fille. Depuis le temps qu'il veut se rendre dans le Valais en Suisse notamment, assister au Festival d'Arts de Rue dans la bonne ville de Sion, c'est l'occasion rêvée de mettre en œuvre ce projet.

Jimmy a toujours adoré les grandes fêtes populaires, principalement celles qui sont organisées dans la rue. C'est une des raisons pour laquelle il aime bien passer des vacances en Catalunya, région dans laquelle, durant la belle saison, la fête y est permanente.

Mais à la réflexion et en se souvenant de la promesse faite à Neith concernant les prises de vues pour le Book, (le fameux Book), il lui faut d'abord satisfaire cet engagement si toutefois Neith consent à honorer sa part de promesse.

Donc, en ce premier jour de congés, va-t-il prendre le risque de compromettre sa tranquillité en prenant contact avec celle qui lui a ruiné une nuit de sommeil et une journée de travail ? Non, non et non ! Dans ce cas, direction le Parc de la Tête d'Or construit entre le Rhône et le quartier des Brotteaux par les frères Denis et Eugène Bühler et ouvert depuis 1857. Haut lieu de légende : un trésor comprenant entre-autre une tête du Christ en or y aurait été enfoui. D'où le nom.

Ce n'est pas le jour de la chasse au trésor. Jimmy veut juste passer un bon moment dans ce lieu, loin de ses préoccupations habituelles, faire le vide dans sa tête en flânant à travers la section zoologique notamment, puis la roseraie pour y admirer les merveilleuses créations qui font chaque année l'objet d'un concours de la plus belle rose de France.

Chez Floriane, Jimmy avait créé un parterre de rosiers qui faisait sa fierté. Plusieurs rosiers composant ce parterre venaient de collections privées, achetés à prix d'or et valorisés grâce à son vrai talent d'architecte-paysagiste amateur dont il avait fait preuve en créant cette mini roseraie autour du pavillon. Il en prenait soin et y consacrait beaucoup de temps jusqu'à son éviction par le mage spirite. De temps à autre, lors de son passage chez Floriane, il lui arrive d'avoir un pincement au cœur devant l'état de délabrement de ce qui fut jadis sa roseraie à lui.

Déjeuner à la rôtisserie, reprise de la ballade, pause ice-cream et retour à la maison. Un peu fatigué par cette ballade non-stop mais heureux de cette première journée de congés. Tous ses tracas quotidiens semblent oubliés. Un bon bain délassant et tonifiant, puis coup de fil à Floriane pour convenir d'un rendez-vous pour une nouvelle journée avec Sylvia.

Déluge de paroles, le voila en cinq minutes, informé des derniers états d'âme de son ex. Dernière lubie : se faire tatouer un signe de reconnaissance comme descendante d'un esprit de la mer. Une des conditions réclamée par son « engendreur cosmique » pour favoriser l'avènement de son futur époux. La conception de ce signe de reconnaissance a coûté une petite fortune car, elle a fait l'objet d'une longue et très « sérieuse » étude : devinez de qui et menée par qui?

Petite sieste sur le sofa. Un début de soirée tranquille. Un de ces calmes annonciateurs de tempête imminente ou alors le signe avant-coureur de la paix éternelle. Un calme appréciable dont on ne sait pas, par quel miracle ou par quelle désolation, les choses vont continuer à bien se passer ou par contre à se compliquer et virer à la catastrophe.

Il n'en était pas au point de se poser toutes ces questions métaphysiques. Ce n'est à coup sûr ni le moment, ni l'opportunité d'un tel questionnement. Son début de soirée est parfait, une semaine de congés, la perspective d'une journée en tête à tête avec sa fille adorée, peut-être une séance ciné si le courage ne lui manque pas trop, une virée au « Red Lyon's » le plus british des pubs de la place pour écouter des groupes d'un soir, de passage dans la capitale des Gaules.

Donc rien à signaler à l'horizon au cours de

ce début de soirée qui s'annonce bien. Pour l'instant, priorité à la sieste et à la douceur de vivre. Jimmy a passé l'essentiel de son existence à rechercher et privilégier la douceur de l' amour partagé, un amour sans déclin, la douceur d'une tendre complicité. Il lui faut de la douceur envers lui-même et de la douceur envers les autres. Il aime la vie paisible. Dès son enfance, il en a ressenti la nécessité. Mais tout ce temps passé à trouver cette tranquillité, lui a fait perdre son indépendance dans sa façon d'appréhender ses rapports avec les autres. De plus, les infortunes survenues dans sa vie ont durablement remodelé son caractère. La douceur qui faisait sa force, est devenue un réel handicap dans sa vie quotidienne. Malgré les épreuves, il n'a jamais voulu montrer un visage sévère vis-à-vis de sa fille qui est la plus grande douceur de sa vie et sa plus belle réussite. Ni la patience, ni la douceur, n'a permis de triompher de la résistance de Floriane. Et ça, c'est l'échec de sa vie.

14

Deuxième jour de congés. Matinée pluvieuse. Réveil laborieux. Jimmy savoure le privilège d'être encore au lit pendant que les autres sont au travail. Il a vainement essayé d'imaginer une activité pour cette journée qui s'annonce maussade. C'est le calme plat. Pas de projets. Alors, pourquoi ne pas rester au lit tout simplement?

A peine a-t-il refermé les paupières que le téléphone se met à sonner. Jimmy regarde son réveil : 10h30. Il se demande qui peut l'appeler à cette heure « si matinale ». Tout en espérant qu'il ne s'agisse d'un problème concernant sa fille, il prend la décision de décrocher le combiné, avec une certaine appréhension.

Bien vite, au timbre de la voix de son interlocutrice, Jimmy comprend de qui il s'agit. C'est Neith qui veut savoir si elle peut passer en début d'après-midi pour la première séance photos.

L'instant sublime de la prise de vue approche à grands pas. A vrai dire, Jimmy n'a pas préparé cette séance et ne s'y est pas préparé davantage. Est ce par manque de conviction vis-à-vis de ce projet qui lui semble de plus en plus surréaliste ou tout simplement porté par cette force mystérieuse contre laquelle il ne peut toujours pas lutter et qui dans tous les cas le conduira vers la finalité à laquelle il est destiné ?!

Le maître mot : ne pas se laisser impressionner.

Premier acte : se lever, s'apprêter, mettre l'appartement en ordre. Deuxième acte : revoir le maniement du nouvel appareil photographique, chercher l'inspiration dans la salle de bain, inventer une attitude, mettre au point un scénario, prévoir une collation. Tout cela en à peine trois heures. De plus il lui faut une totale maîtrise de la situation.

Jimmy ne veut pas se sentir sous pression. Dans sa vie ordinaire, c'est quelqu'un de très organisé voire perfectionniste sans le mauvais côté des perfectionnistes. Il n'est pas maniaque. Mais, l'enjeu est de taille. Il obéit à quelque chose dont il n'a pas la moindre idée et Neith semble en être la pièce maîtresse.

Cependant, il serait illusoire de penser qu'il puisse considérer ce qui lui arrive comme quelque chose qui lui aurait été imposé par une inévitable fatalité. Jimmy est quelqu'un d'instinctif, et n'a jamais oublié cette pensée de son auteur fétiche Marc-Aurèle, à savoir :

« Il faut vivre en te conformant à ta nature, ce qui te reste encore de vie, comme si déjà tu étais mort, comme si ta vie ne devait pas dépasser cet instant. »

L'instant présent, tout l'instant présent, rien que l'instant présent : avec ses avantages, ses inconvénients, avec ou sans Neith, avec ou sans séance de prise de vue.

Alors, va pour Neith et les photos pour le « Book » !

Regonflé à bloc après ce court moment de flottement, Jimmy telle une colonie d'abeilles dans une ruche à lui tout seul, s'active en suivant le plan qu'il s'est fixé. Midi : bref passage à la cuisine pour prendre des forces. Retour aux « affaires », direction la salle de bain.

Jimmy se souvient de l'étonnement de Neith en découvrant sa salle de bain qui selon lui devrait être classée « patrimoine mondial de l'humanité ». Il reste figé un long moment face à la fresque. Il examine en détail les situations mises en scène par le peintre qui a tenté d'interpréter plusieurs scènes de l'Odyssée avec comme thème central, la nymphe Calypso sur son île.

Il lui était déjà arrivé dans le passé, lors de ses longs moments passés dans sa baignoire, de repenser à ce que fut cette histoire de Calypso éperdument amoureuse d'Ulysse, vivant dans l'amour d'Ulysse…. Oui mais comment restituer cette ambiance par rapport à ce qui devrait être en fin de compte qu'une banale mise en scène pour un Book imaginaire ? Un Book n'a pas pour vocation à raconter une histoire. Alors comment faire en sorte que les clichés puissent suggérer cette ambiance et démontrer par la même occasion le « savoir-faire » d'un photographe amateur souffrant de folie des grandeurs avec en plus une salle de bain en guise de studio de prise de vues ?

L'heure avance. Jimmy s'est fait à présent une petite idée de comment les choses vont se passer. Le tout est de savoir dans quelles dispositions Neith pourrait se trouver à son arrivée. D'expérience il sait quel type de personnage elle est, comment les choses peuvent très vite tourner court avec elle et comment imprévisible elle peut être.

On sonne à la porte. Jimmy jette un dernier coup d'œil à son installation et ouvrit la porte.

Jimmy voit Neith pour la troisième fois et une fois encore il découvre une autre personne. C'est à se demander si la nature ne repasse pas de temps en temps un petit coup de pinceau pour parfaire les traits de certains visages. Neith est resplendissante. Il est écrit quelque part :

> **« *Quelle est celle qui apparaît comme l'aurore, qui est belle comme la lune, resplendissante comme le soleil mais redoutable comme des bataillons ?* »**

En voyant Neith, Jimmy ne peut s'empêcher de ressentir une soudaine crainte de voir une fois de plus, la situation lui échapper. Il a peut-être envie de jouer les « Georges Hamilton », mais pour cela il faut d'abord être crédible, maître de la situation et être celui qui commande car après tout, il s'agit bien d'une prestation de services, il est le client jusqu'à preuve du contraire. Ne dit-on pas que le client est roi ?

A peine la porte ouverte, Neith décroche un bonjour et s'engouffre dans l'appartement prestement. Jimmy referme la porte.

> *« Avez-vous déjeuné ? »* demande

t - il.

Neith :

« Non pas encore, mais je mangerai plus tard. On commence par quoi ? Quel est votre plan ? »

Devant cette avalanche de questions, Jimmy essaie de faire bonne figure et se met à expliquer son scénario. Pendant qu'il expose sa grande théorie sur ce qui devrait servir de fil rouge à cette séance de prise de vue, Neith ouvre son gros sac à mains et se met à fouiller fébrilement à l'intérieur à la recherche de quelque chose.

Le plan de Jimmy est tout sauf clair. Pour intégrer à ce plan la réalité de la fresque murale au dessus de sa baignoire, il lui faut faire une transposition de la merveilleuse histoire de l'Odyssée à travers des photos. En somme, une relecture de la mythologie grecque en quelques clichés. Lire l'Odyssée n'est déjà pas une chose simple pour le néophyte qu'il est. De plus, se servir d'une salle de bain pour restituer l'atmosphère de cette île de la nymphe Calypso, semble une entreprise totalement délirante. Mais Jimmy n'a cure de tout cela et veut réaliser cette séance coûte que coûte.

Jimmy : « *Avez-vous un paréo ou un foulard?* »

Neith : « *Oui, je le cherche*»

Jimmy : « *Ok, allez vous changer dans ma chambre et quand vous serez prête, venez me rejoindre dans la salle de bain* ».

Neith s'exécute et disparaît un moment dans la chambre à coucher puis réapparaît devant la porte de la salle de bain. Jimmy n'en croit pas ses yeux. Il a face à lui, une personne totalement transfigurée : Neith a juste noué autour de sa taille ce paréo couleur bleu ciel. La nudité de son torse, dévoile de petits seins galbés, couleur cuivre avec des tétons brunâtres. Un faux diamant orne son nombril. De son paréo jaillissent de longues jambes fines, presque fragiles. Les ongles de ses pieds sont peints en rouge vif de la même nuance que son rouge à lèvres. Ses cheveux détachés, flottent sur ses épaules. Son visage est à peine maquillé. Ses yeux sont soulignés par une discrète ombre bleu marine au ras de ses cils inférieurs et supérieurs, intensifiée par un trait de crayon du même ton. Comme toujours, les lèvres peintes en rouge vif.

Face à Jimmy, Neith esquisse un sourire, écarte les bras presque en croix puis pivote sur elle-même comme pour offrir une vision d'elle à 360°.

Neith : « *OK pour vous ?* »

Jimmy est presque sans voix. Sa bouche est sèche. Il a chaud partout. Grosse envie de se gratter sous les bras. Il reprend ses esprits, puis d'une voix à peine audible :

« Parfait ! Entrez ! »

Neith pénètre dans la salle de bain d'un pas hésitant. Elle interroge du regard le maître de cérémonie qui l'invite à prendre la pause au bord de la baignoire de façon à occulter l'image de Calypso et créer ainsi une perspective visuelle l'intégrant dans le panorama de l'Odyssée. Neith est à la fois représentée en trois dimensions sur cette surface plane qu'est la fresque murale, et vue de loin, comme faisant partie du panorama.

Un dernier ajustement. Jimmy fit quelques pas en arrières hors de la salle de bain pour assurer un bon cadrage. Neith tient la pause. Alors commence la « mitraille ».

Jimmy est comme transporté, multipliant les pauses et les angles de prise de vue, faisant des commentaires du style : *« oui, c'est ça !!!! ……. Joliiii !!!! ….. Parfait !!! …..»*

Après environ une bonne demi-heure d'une intense activité photographique, Jimmy décrète une pose salvatrice. Il dépose délicatement l'appareil sur le guéridon aux côtés du vieil album toujours dans son emballage, puis se dirige vers la cuisine récupérer le plateau de collation qu'il dépos sur la table à manger.

Neith prend place. Soudain, le tonnerre gronde à l'extérieur : un gros orage se prépare. La pièce a perdu de sa luminosité et tout semble à l'arrêt. Jimmy débouche la bouteille de vin rouge, mais sert au préalable, un verre d'eau à son invitée, comme cela se fait dans son pays. Il fait de même en se servant un verre d'eau.

Neith est silencieuse. Elle le regarde fixement tout en buvant son verre d'eau. Jimmy continue la mise en place de la collation. Dans les assiettes, du blanc de poulet mariné au jus de citron, grillé et accompagné de quelques feuilles de salade verte. Il s'installe à son tour à la table, en face d'elle. Elle ne le quitte pas du regard.

Soudain, elle se leva et se dirige vers la chambre. Elle revient à la table, vêtue d'un t-shirt au dessus du paréo.

Jimmy : « *vous avez froid ? »*

Neith : « *Non, vous êtes habillé ..... Je fais comme vous. »*

Jimmy un peu confus :

> *« Je peux enlever mon T-shirt si cela vous convient »*

Neith esquissa un sourire :

> *« C'est avant qu'il fallait le faire. ..... Avant que je vous le fasse remarquer »*

Jimmy se lève de sa chaise, ôte son T-shirt et se rassoit.

Neith ôte à son tour son T-shirt, saisit son assiette et son verre et vint à côté de Jimmy :

> *« Faites-moi une petite place »*

Jimmy tire la chaise voisine de la sienne et s'attend à ce qu'elle s'installât. Rien n'y fit.

Neith :

« Il faut tout vous expliquer ? »

Jimmy comprend de moins en moins ce qui se passe. Pour lui, Neith est en train de partir en vrille à nouveau. Une fois de plus, il s'attend au pire.

Jimmy : *« je ne comprends pas »*

Excédée de voir que son hôte ne comprend rien à rien, Neith dépose assiette et verre, oblige Jimmy à se lever afin de reculer la chaise sur laquelle il est assis, le fait asseoir de nouveau, s'installe sur une de ses cuisses, un bras autour de son cou, reprend son verre de vin et très calmement :

« Santé ! »

Jimmy est comme pétrifié. Il lève timidement son verre et boit une bonne gorgée. Il en a sacrément besoin, car le voila à table à moitié nu, avec sur ses genoux une femme à moitié nue et autour de son cou, un bras frêle, chaud et très enveloppant l'obligeant à une certaine proximité (voire une certaine promiscuité) avec son invitée. Corps contre corps, sa peau et la sienne sont à présent en contact direct. Jimmy peut sentir la chaleur de son corps et le bout de son sein poindre sur sa poitrine. Neith ne semble pas se préoccuper de tout cela et commence à piocher dans son assiette comme d'habitude avec ses mains. Jimmy essaie de faire de même, mais ce n'est franchement pas facile car obligé de se servir de sa main gauche, la droite étant « réquisitionnée » pour maintenir le bas du dos de Neith et lui assurer un minimum de confort pendant la collation.

Neith se fait de plus en plus collante, imprimant à son bassin, des mouvements désordonnés, saccadés, oubliant presque qu'elle est assise sur la cuisse de Jimmy et non sur une chaise. Pour sa part, Jimmy au bord de la crampe musculaire, continue de faire bonne figure, essayant vainement et non sans un certain embarras de maintenir Neith strictement assise sur sa seule cuisse.

De temps en temps, Neith lui glisse un

morceau de poulet dans sa bouche. Jimmy n'a d'autre choix que d'ouvrir son bec pour recevoir la becquée.

A la fin de ce qui fut une collation, Neith se lève, ramasse les assiettes, les porte à la cuisine et revient un long moment plus tard avec une assiette de raisins.

Jimmy eut la surprise de constater que tous les grains de raisin avaient été coupés en deux, délicatement épépinés et présentés de façon harmonieuse sur l'assiette.

Neith reprend possession de la cuisse de Jimmy. Dehors, une véritable bourrasque provoquant des sifflements à travers les persiennes. Un temps à ne pas mettre un chat dehors. Un temps à se mettre sous la couette.

Neith : « *On est bien là tous les deux !* »

Que répondre à cette remarque venant de cette créature extrêmement séduisante, visiblement entichée, vraisemblablement ivre, dangereusement , définitivement imprévisible et, terriblement sensible aux bruits des gouttelettes de pluie sur le rebord de la fenêtre qui la mettent dans un état d'excitation sans égal ? Que faire contre la bonté et la générosité d'une personne qui épépine les raisins, grain par grain et qui les lui fait manger en les plaçant délicatement entre ses lèvres ? Comment lutter contre les assauts d'une créature sortie de nulle part qui le subjugue au point de le laisser complètement sans défense ? Une semblable atmosphère est évidemment fatale à toute personne vertueuse et équilibrée.

Jimmy craque littéralement. Ce qui devait être et rester une relation strictement professionnelle est en train de basculer dangereusement. Jimmy est en très grand danger. Il est en perdition. Il essaie de rester stoïque, même si ce qui se trame à son corps défendant, dépasse son entendement et hors de portée de toute résistance car Neith a décidé que c'était le jour « J ». Toute résistance est donc inutile…….. Quoi que !!!!!

Neith est loin d'être une obsédée sexuelle. Cependant un soupçon d'exhibitionnisme lui confère cette liberté caractérisée par sa manière d'être : un peu choquante mais terriblement déterminée. Elle veut Jimmy pour des raisons très spéciales (ah oui ?) , et cela doit passer nécessairement par le canal du sexe. Elle est prête à tout pour arriver à ses fins. Jimmy semble correspondre à ce type d'homme vigoureux dont elle est à la recherche. Pour Neith, il n'y a pas lieu de tergiverser.

Jimmy saisit l'opportunité d'une nouvelle visite de son « assaillante » à la cuisine pour se mettre debout et s'extraire de ce confinement entre sa chaise et la table. Il fait quelques pas pour se dégourdir les jambes puis se dirige vers les toilettes. Quelques instants plus tard en sortant des toilettes, que ne fut sa surprise de voir Neith déambuler en tenue d'Eve intégrale en direction de la chambre , un verre de cognac dans chacune de ses mains.

Neith : « *Vous venez ?* » dit-elle juste avant de disparaître dans la chambre.

© *Nathanaël AMAH , 2016   NATHAM Collection*

Jimmy imagine la suite. Il ne peut s'empêcher de penser à ces préceptes d'autres temps, à ces idées bizarres véhiculées dans son pays lointain, sur la terre de ses ancêtres, à savoir que tout ce qui est féminin est affaiblissant pour le mâle, le guerrier….. Le sperme étant la force et la vie qu'il ne faut pas gaspiller…… La femme ne doit pas manifester ses sentiments en public….. Les seins sont appréciés lorsqu'ils sont opulents, et c'est une invitation sexuelle de la part d'une femme que de se laisser frôler les seins par un homme…etc … etc …

Soit, mais Neith est une nubienne et non une salomonienne. Ses petits seins ont frôlé sa poitrine. Selon lui, toutes les conditions pour accepter cette invitation à la rejoindre dans la chambre ne sont pas réunies, mais le principal est qu'il ait « officiellement » été invité en bonne et due forme selon le « code de séduction salomonien ».

Jimmy pénètre à son tour dans la chambre à coucher. Neith est assise au bord du lit, les jambes croisées, lui tendant son verre de cognac. Mais au moment précis où il allait saisir le verre, elle se ravise, exigeant qu'il se dénudât.

Très pudiquement, Jimmy se tourne, déboutonne son short kaki, ôte d'un geste lent et précis, le short et le caleçon. Neith observe la scène, pleinement satisfaite de cette vision de cet auguste « postérieur salomonien », ferme et rebondi, ravie par anticipation de l'extraordinaire puissance qui se dégage de ces reins, de ce dos solide et tout en muscle.

Neith : « *Votre verre*»

Jimmy se tourne enfin face à Neith. L'expression de son corps se suffit à elle-même : l'œuvre de Neith avait atteint son apogée. Elle est belle. Elle est éclatante. Elle est puissante. Elle est visible à mille lieux à la ronde.

Jimmy invite Neith à se lever. Ils sont face à face, le verre à la main. Moment solennel en cette fin d'après-midi de ce deuxième jour de congés. Il se penche vers elle et l'embrasse délicatement sur les lèvres. Neith rend le baiser par une succession de petits baisers. Ils boivent le cognac d'un trait. Elle dépose son verre. Il fait de même. Ils sont plus proches à présent. Ils ont les mains libres. Faire l'unité avec elle. Pratiquer l'acte sexuel avec elle pour réaliser cette unité parfaite et atteindre la plénitude d'un état qui se veut plus intense que l'orgasme lui-même, ce qui exclut de facto toute manifestation orgasmique explosive. Les énergies sexuelles n'étant pas évacuées, sont réinjectées dans tout le corps. Principe du « Turbo » dans un moteur, si cette comparaison puisse être osée et appropriée.

Jimmy a toujours cherché à cultiver cette « science » du sexe pour éviter le sexe pour le sexe. Pour lui, le plaisir sexuel n'est pas une fin en soi. L'objectif : aller le plus loin possible à deux, dans un corps à corps énergisant et non pas abandonner de l'énergie vitale de manière incontrôlée dans une agitation corporelle désordonnée .

Neith, telle une liane sauvage, effectue avec

ses bras, son corps, ses jambes des mouvements ondulatoires autour de Jimmy. La déesse Shiva n'aurait pas fait mieux. Même si son excitation est à son comble mais prisonnier dans cette forêt de lianes, Jimmy réussit à reprendre le dessus. Ses puissants bras sont à présent refermés sur ce corps frêle et tremblotant. Elle ne peut plus continuer sa danse ondulatoire. Elle ne peut pas lui échapper, tellement la pression des bras est forte. A quoi bon lutter ? A-t-elle envie de lutter ? A-t-elle dit son dernier mot ?

Elle est désirable. Elle le sait. Elle n'éprouve aucune crainte concernant un hypothétique rejet de la part de Jimmy. Elle ne se pose pas non plus la question de savoir ce qui va advenir de cette relation. Si l'affadissement des sensations des premières heures (le moment venu), serait de nature à compromettre ses projets. (Ah ? Quel projet ?) Elle sait pourquoi elle est là. Elle sait que c'est le jour «J».

Soudain, elle parvient à se dégager de l'étau, projette Jimmy sur le lit puis se rend au salon récupérer son gros sac à main et revient dans la chambre. Elle pose le sac à terre, s'accroupit, se met à fouiller une nouvelle fois ce sac impressionnant, et en retire une fiole en verre teint en rouge.

Neith : « *Laissez moi faire !* »

Avant même que Jimmy n'eut le temps de réaliser ce qui se passe, la voila à califourchon sur le bassin incandescent de son étalon , la fiole ouverte, lui aspergeant la poitrine avec une huile de massage. Elle commence à lui masser le plexus solaire dans le sens des aiguilles d'une montre.

Jimmy : « *Que me faites-vous ?*»
Neith : « *Chuuuuuttttttttt !!!!! Laissez- moi faire*»

Neith, avec calme et détermination, telle une prédatrice, poursuit son mystérieux massage, doucement, consciencieusement tout en maintenant Jimmy au fond du lit, et en marmonnant d'une voix implorante à peine audible :

« …s'il te plaît, laisse le moi, …. Il est à moi ….. Laisse le moi s'il te plaît …. s'il te plaît... »

Jimmy sombra dans un sommeil profond. A son réveil en plein milieu de la nuit, Jimmy est seul sur le lit qui est dans un désordre indescriptible. Un vrai champ de bataille. Pas de trace de Neith, mais une forte odeur rappelant celle du fameux parfum oriental. Impossible pour lui de se souvenir de ce qui s'est passé.

15

Troisième jour de congés. Jimmy est mal fichu et de très mauvaise humeur. Il ne supporte pas d'avoir perdu le fil de ce qui s'est passé chez lui la veille au soir. De plus, il continue de sentir en permanence cette odeur caractéristique sur son corps. Cette odeur émanant de cette huile de massage dont il se souvient bien avant de sombrer dans un profond sommeil. Douche sur douche, aération non stop de la chambre. Rien n'y fait. L'odeur est tenace. Il veut comprendre ce qui s'est passé chez lui hier en fin d'après-midi. Il se souvient vaguement d'une scène. Il revoit Neith à califourchon sur son bassin lui masser la poitrine. Il la revoit également se lever et aller discuter avec une personne à moitié enveloppée dans une espèce de lueur presque aveuglante se tenant dans l'embrasure de la porte. Une sorte de conciliabule. Il ne pouvait entendre ni comprendre ce qui se disait. Il ne pouvait non plus se mouvoir car plaqué de façon mystérieuse au fond de son lit, comme maintenu par une force invisible pour l'empêcher de se lever. Il se souvient de Neith, revenant se placer sur lui comme au début sous le regard de cette « apparition ». Il sait, pour en avoir ressenti une sensation particulière de chaleur intense, qu'il y a eu intromission suivi d'un rapport d'une rare violence comme si le corps frêle de Neith avait comme par enchantement, soudainement triplé de volume et s'était considérablement alourdi. Il ressent encore dans tout le corps, des courbatures comme si il avait réellement et considérablement abusé de son athlétique corps. Ses muscles son endoloris. Sa fatigue est réelle et extrême. Il se sent vidé. Il n'a plus aucune énergie. Il ne comprend pas.

Tout au long de la journée, toute son attention est concentrée sur la découverte de ce qui s'est passé. Progressivement, les choses se précisent dans son esprit. Ce qui est sûr, il n'a pas rêvé. Neith existe bel et bien. Du vin rouge et un verre de cognac bu cul sec, ne peuvent justifier à eux seuls, cette soudaine perte de conscience. Il se sentait juste bien, pas du tout saoul. Son excitation était à son summum. Son envie de posséder Neith était sans égal. Il savait que la « chose » allait avoir lieu et cela l'avait rempli de bonheur. Quoi de plus naturel que de désirer cette personne aux petits seins couleur cuivre ! Quoi de plus excitant que de ressentir à même la peau, les parties intimes d'une personne qui vous chevauche de façon singulière ! Que faire lorsque tout d'un coup, vos forces vous abandonnent au point de vous plonger dans un profond sommeil ? Que s'est-il passé entre ce dernier chevauchement et la plongée dans son sommeil ? …..

Soumis à cet intense et intolérable questionnement, Jimmy continue de remettre son appartement en ordre. En ôtant son drap house pour l'isoler dans la salle de bain dans le sac de linges sales et ainsi éliminer l'odeur laissée par l'huile de massage de Neith, il eu la surprise de découvrir à l'endroit où est posé son oreiller, un signe tracé à l'huile, à même le tissu du matelas, signe à moitié absorbé par le tissu. Il peut néanmoins deviner le contour de ce signe mystérieux qui ne peut en aucun cas être le résultat d'une une utilisation prolongée de ce matelas sur lequel, jour après jour, il avait posé la tête, parfois en sueur. Cela ne peut pas être le fruit du hasard. De plus, ce n'est pas la première fois qu'il change ses draps.

De part son métier de graphiste, il sait parfaitement reconnaître le formalisme des figures géométriques. Par réflexe et avant que le tissu du matelas ait fini de « boire » l'huile, il alla chercher un papier et un crayon pour reproduire le signe aperçu, et plaça le précieux papier sur table de chevet.

Un peu échaudé par cette découverte, il continue son inspection : le matelas est soulevé et soigneusement inspecté, le sommier de même. Rien! Tiroir de la table de chevet. Rien de spécial, le bordel habituel : tubes de crème, préservatifs, doubles de clés, pièces de monnaie, ……. Rien de suspect. Direction la salle de bain : aucun signe visible. Direction la cuisine où Neith avait passé un certain temps pour épépiner les grains de raisin. Autant chercher une aiguille dans une botte de foin. Au fond : que cherche t-il en réalité ?

Alors, faute d'avoir fait une nouvelle

découverte, Jimmy alla se prélasser dans un bain bien chaud pour délasser son corps meurtri. Il repense à la séance photo. Une réussite de son point de vue. Il n'a pas encore visionné les épreuves, mais il pense qu'il s'en est bien sorti. Il n'a pas réécrit l'Odyssée mais c'était une bonne occasion pour lui de revisiter l'histoire . Et cette initiative lui avait permis d'échapper à la honte.

Le souvenir de cette séance photo a un tout petit peu atténué son inquiétude par rapport à la suite de cette journée dont il ne se souvient toujours pas de tous les détails. Il garde dans un coin de la tête toutes les démarches pour éclaircir certains points de cette énigme. Il doit également passer au centre commercial pour les tirages grand format des premières photos.

Du retour du centre commercial, Jimmy s'installe à la table de la salle à manger. Il étale les photos les unes à côté des autres pour une vue d'ensemble. Un détail le frappe : Neith portait un pendentif. Un discret pendentif. Jimmy n'avait rien remarqué lors de la séance de prise de vue. A l'aide d'une loupe, il tente de détailler les caractéristiques de ce pendentif. Il n'ose pas se convaincre que la forme de ce pendentif rappelle vaguement la reproduction faite à partir du signe esquissé sur le matelas. Il refuse tout amalgame, même si les premières constatations visuelles tendent à l'inciter à poursuivre dans cette voie.

Pourtant, il lui est impossible de se concentrer sur un sujet à la fois. Cette accumulation d'événements depuis plusieurs semaines, ces phénomènes qui lui sont totalement étrangers, cette personne prénommée Neith qui est entrée dans sa vie de façon si inattendue etc ….. , comment pourrait-il se focaliser sur un sujet à la fois ?

Il lui faut tout d'abord tirer au clair la vision de cette entité luminescente qui se tenait dans l'embrasure de la porte et discutant avec Neith. Il n'a pas halluciné . Un verre de cognac n'a pas pu altérer sa vision. Son pauvre cerveau n'a pas arrêté de ressasser cette image. Et plus cette image de cette entité tourne en boucle dans sa tête, plus se précise l'idée d'une possible appartenance de Neith à cette catégorie d'esprits démoniaques femelles genre succubes dont la principale caractéristique est de prendre l'apparence d'une femme séduisante pour charmer les hommes pendant qu'ils dorment pour mieux leur voler leur énergie vitale via leur sperme. Une sorte de carburant. En effet, cela fait deux fois coup sur coup, en position couchée et en présence de Neith, qu'il sombre comme par enchantement dans un profond sommeil. La question qui se pose est la suivante : durant ce laps de temps pendant lequel son sommeil a été si profond, que s'est-il passé à chaque fois ? Pourquoi s'est-il senti si fatigué la dernière fois comme si toutes ses forces avaient été pompées au point de se retrouver sans aucune énergie?

Pour s'être intéressé dans le passé à ce genre de sujet, ce pour des raisons qui n'ont rien à voir avec la situation qui fait actuellement l'objet de ses préoccupations, Jimmy sait que dans ce cas de figure, il est écrit que le démon femelle amoureuse, habite le corps d'une femme généralement très belle, avec laquelle cette entité est « mariée » dans le monde des rêves. Sa culture ne va pas au-delà de ces considérations même si, il existe chez lui, des prédispositions (de par ses origines) à croire au paranormal.

Comment imaginer Neith dans une telle posture ? Ce corps frêle pourrait-il être habité par on ne sait quelle entité avide de sperme pour refaire le plein de son énergie vitale ? Sinon comment expliquer pourquoi le corps de Neith s'était soudainement alourdi de façon considérable au moment où elle le chevauchait ? Et cette fatigue extrême après ? ….. Mille et une questions sans réponse. Elles ont au moins le mérite d'avoir été posées.

Concernant ce parfum oriental senti sur Neith, senteur connue de lui (sans aucun doute) : comment l'expliquer ? Cette question trotte dans sa tête depuis sa visite chez Neith à Vénissieux. Pour lui, la clé de ce mystère sera trouvée à partir du moment où il pourra faire le lien entre Floriane et Neith, trouver le dénominateur commun de ces deux personnes. Pénétrer le cercle des amis de Neith peut constituer une première étape, une bonne piste pour commencer. Ainsi verra-t-il si oui ou non il existe un point d'intersection à explorer, à savoir des amis communs (Floriane / Neith) pouvant expliquer le phénomène du parfum et déduire quel danger il y aurait à fréquenter Neith au sens biblique du terme.

Saisissant le prétexte de demander de ses nouvelles, Jimmy passe un coup de fil à Neith et propose d'aller boire un verre au Red Lyon. Neith accueillit cette invitation comme d'habitude, froidement et sans émotion. Aucune allusion de ce qui s'est passé la veille au soir, comme si rien ne s'était passé.

A la question : « ***Vous êtes bien rentrée hier soir ?*** », la réponse est invariablement : « ***Oui*** », sans plus. Même pas : « ***Et vous ? Bien dormi ?*** ». Rien !

Jimmy, sans perdre son courage, essaie de provoquer la discussion : « *Moi je crois que j'ai dormi comme une souche* ».

Neith : « *J'ai vu ça !!!* »

dit – elle sèchement.

Jimmy : « *Et vous ne m'avez pas fait signe avant de partir ?* »

Neith : «*Pourquoi faire?*» sur un ton presque agressif.

Jimmy temporise, puis : « *vous dire au revoir par exemple. Vous savez, cela se fait de dire au revoir .... Autre exemple : vous donner une serviette propre pour votre douche ...*»

Neith (repentante): « *Oui je sais* ».

Jimmy (un cran au-dessus) : « *Vous avez aimé hier ?* »

Neith : « *la séance photo ?*»

Jimmy : « *Oui la séance photo est le reste .... *»

Neith *(jouant la femme fataliste)* : « *Cela devrait finir par arriver …… Et vous, vous avez aimé ?*».

Jimmy : « *Je crois que j'étais un peu dans les vapes …. Vous me parliez, je ne pouvais pas vous répondre ….. Désolé de vos avoir laissée faire tout le travail …. Il m'a semblé que vous vous étiez levée un moment avant de revenir à l'attaque …. Je ne me souviens pas de grand-chose ….. Désolé ! …. Que s'est-il réellement passé ? Vous m'aviez littéralement épuisé* »

Neith *(un peu perplexe)* : « *Vous voulez dire, si nous avions fait l'amour ?*»

Jimmy : « *Oui, en autre* »

Neith : « *Oui nous l'avons fait … *»

Jimmy : « *Et c'était*

comment ? »

Neith : « *Bien !* » ajouta t-elle laconiquement.

Jimmy : « *… Il y avait des préservatifs dans ma table de chevet…. »*

Neith *(coupant court)* : « *Je déteste les préservatifs »*

Jimmy : « *Cela pourrait être dangereux. Vous ne me connaissez pas, je ne vous connais pas….. »*

Neith : « *Si je ne peux pas accueillir votre semence, à quoi cela sert de coucher avec vous?»*

Jimmy : « *Vous voulez dire mon sperme ? »*

Neith : « *Oui »*

Neith : « *Ne vous inquiétez pas, je ne veux pas avoir un bébé …. D'ailleurs, je ne peux pas avoir de bébé …. »*

Jimmy : « *Désolé !»*

Neith « *C'est rien* »

Jimmy : « *... Et vous avez envie que cela continue ?*»

Neith : « *Cela ne dépend pas de moi* »

Jimmy : « *Ah ? ... De qui cela pourrait-il dépendre que nous nous revoyions ?*»

Neith (de plus en plus énigmatique) : « *... Je n'habite pas mon corps ... J'ai un corps sans plus ... Je ne peux pas avoir de bébé, parce que je n'ai jamais eu mes règles ... depuis que je suis née* »

Jimmy : « *Vous avez un corps splendide, on a dû vous le dire déjà un milliard de fois* »

Neith : « *Vous avez entendu ce que je viens de vous dire ?* » dit-elle sèchement.

Jimmy : « *oui Neith .... Vous êtes en train de me dire des* choses qui dépassent mon entendement ... soit vous me dites les choses plus clairement, soit ..... »

Neith : « *Même si je vous dis tout, je ne suis pas certaine que vous puissiez comprendre ... Comprendre par exemple que dès ma naissance j'ai été fiancée à un esprit de l'eau ... Que je ne peux pas disposer de mon corps comme je l'entends ... Que mes nuits sont terribles ... Que je ne peux garder aucun copain ... Que toutes mes relations finissent par des disputes incroyables ... Que les hommes quels qu'ils soient ne peuvent m'approcher ..... Vous comprenez ? »*

Le cerveau de Jimmy commence à faire des bulles. Cette confession soudaine et presque complète lui permet de faire une première analyse de la situation, un premier rapprochement : esprit de l'eau d'un côté, esprit de la mer de l'autre, fiancée dès la naissance d'un côté, engendreur cosmique à la naissance de l'autre, fiancé jaloux d'un côté, engendreur cosmique omniprésent de l'autre.

Là s'arrêtent les similitudes avec Floriane. Pour le reste : Floriane est une femme à part entière ayant pu procréer, pas Neith, Floriane s'est mariée deux fois sur des durées importantes même si cela s'est terminé à chaque fois par un divorce, pas le moindre mari l'horizon pour Neith, …..

Jimmy : « *Oui en partie. N'y a-t-il rien à faire ? Vous en avez parlé autour de vous, à vos amis par exemple ? … Vous avez essayé de négocier avec votre fiancé venu des eaux ?*»

Long et profond soupir de Neith. « AMIS ? » Elle ne sait pas ce que ce mot veut dire. A chaque fois qu'elle a levé un coin du voile sur son secret, les soit-disant « AMIS » ont déguerpi les uns après les autres, les unes après les autres. Même les amants les plus entreprenants et les plus prometteurs sont restés les amants d'un soir. Ils ne peuvent pas rester avec elle, et ils ne savent pas pourquoi. Sa vie est un vrai désert affectif. Sa solitude est extrême et insupportable.

De plus, Neith ne lui a pas tout dit. Elle ne peut pas lui dire que l'esprit vient régulièrement prendre possession de son corps lorsqu'elle est couchée. Ce qui lui occasionne des douleurs terribles au niveau des articulations. Un gros soulagement quand enfin il la quitte au petit matin. Elle peut alors s'endormir d'un sommeil réparateur. Elle ne peut pas non plus lui dire que de la semence des amants d'un soir, l'esprit s'en sert pour s'alimenter en tirant l'énergie vitale nécessaire à sa survie. Elle ne peut pas lui avouer que les choses sont peut-être en train de changer dans la mesure où, la veille au soir, l'esprit n'a pas pu l'habiter comme d'habitude au moment des ébats car, Jimmy aurait dans le sang, quelque chose de répulsif ne permettant pas à l'esprit d'être en contact avec sa peau. D'où la discussion dans l'embrasure de la porte de la chambre. L'esprit lui intimant l'ordre de s'en aller, mais en vain. Elle pouvait une fois dans sa vie, prendre à son compte, tout le plaisir d'une copulation réussie, complète et intense, d'où la violence de ce rapport sexuel dont Jimmy s'est vaguement aperçue dans son demi-sommeil. Et cela avait duré toute la nuit, d'où son extrême fatigue. Cela faisait longtemps que Neith n'a pas connu un tel plaisir d'être avec un homme.

16

Quatrième jour de congés. Journée spéciale Sylvia. Retrouvailles programmées de longues dates. Excitation à son comble. Permission de manquer l'école. Réservation d'une voiture de location. Plus le temps passe depuis la séparation d'avec Floriane, plus le besoin d'être avec sa fille, devient de plus en plus évident. Le mode de vie de Floriane au sein de son cercle d'amis a toujours été pour lui une source de préoccupations. Non pas à cause d'elle-même, mais principalement parce que Sylvia est exposée à l'ambiance malsaine dans laquelle Floriane se complaît depuis plusieurs années, bien avant son divorce. Jimmy est très sensible sur ce sujet et fait preuve d'une extrême vigilance lorsqu'il s'agit de sa fille.

Chez Floriane, le jour a débuté de fort belle manière. Pour cette journée radieuse pleine de promesses, il faut une robe ravissante : à papa de trouver les activités qu'il faut pour aller avec. La semaine précédant les retrouvailles, Sylvia et sa maman avaient écumé les grands magasins de la place à la recherche de cette fameuse robe. Chaque virée avec son papa est l'occasion d'acheter une nouvelle tenue. Jimmy connaît par cœur la coquetterie de sa fille. Il s'en amuse car, il pense à celui qui aura le lourd privilège d'être son gendre plus tard. Il faut avoir les moyens de sa politique, cela va de soi.

Sa relation avec Sylvia est une relation fusionnelle, rendant parfois Floriane jalouse. Comment cela peut-il en être autrement ? Les longues heures en isolement forcé à l'étage pendant les séances de spiritisme, ont fini par rapprocher le père et la fille. Ils sont très heureux lorsqu'ils sont ensembles. Ils sont très complices. Plus rien ne compte quand ces deux-là sont main dans la main, déambulant dans les parcs ou dans le quartier Saint-Jean. Jimmy est fier de ce métissage qui confère à sa fille une beauté particulière. Son visage rappelle sous certains aspects, la fille mélanésienne, mise à part l'expression de son regard qui rappelle celle de sa mère.

Le voila devant le pavillon. Il descend de la voiture de location et vient sonner au portail.

Il a une clé, mais il ne s'en sert presque jamais. Floriane apparaît à la porte et l'invite à entrer. Des choses à lui dire.

Jimmy s'exécute. A l'intérieur, Sylvia piaffe d'impatience et accourt accueillir son cher papa.

« OH ! Qu'est ce que tu es belle !!!!»

s'exclama Jimmy en apercevant sa fille dans sa nouvelle robe. Une robe en mousseline, couleur gris perle, col Claudine avec un liseré rose pale. Une paire de ballerine noire vernie faisant ressortir ses petites chaussettes blanches avec des reflets argentés à la Michael Jackson. Cheveux fraîchement défrisés (mademoiselle n'aime pas quand ses cheveux bouclent), attachés avec un nœud en soie de couleur grise. Un petit sac à main, cadeau de son père à son dernier anniversaire.

Jimmy se mit à genou pour accueillir sa petite fille adorée qui se jette éperdument dans ses bras. Ils sont serrés l'un contre l'autre pendant un long moment jusqu'à à ce que :

© *Nathanaël AMAH , 2016 NATHAM Collection*

« *Je peux te parler ?* »

Floriane a des choses à lui dire.

Jimmy : « *Cela ne peut pas attendre ce soir ?* »
Floriane : « *OK OK !!!!!* »

Jimmy ne veut pas la laisser commencer le déballage de sa vie. Ils en auront pour la journée. Il préfère couper court en attendant le soir où il est invité à partager le dîner pour prolonger la journée passée avec sa fille. En général, cela se passe comme cela d'un commun accord avec Floriane. Parfois, c'est elle qui va dîner chez Jimmy en allant récupérer Sylvia.
Les voilà installés dans la voiture.

Jimmy : « *Que veux-tu faire ma chérie ?* »
Sylvia : « *Ce que tu veux papa.* »

Jimmy veut faire comme à chaque fois, un maximum de choses avec sa fille.

Direction le centre de Lyon. Première étape de cette journée: du shopping. Jimmy n'aime pas trop passer du temps dans les magasins, mais pour sa fille, cet un exercice devient supportable à condition que cela ne dure pas trop longtemps. Une bonne heure à trépigner dans les boutiques, Sylvia se révélant une vraie femme en miniature dans ce qu'elle peut avoir dans ses attitudes : hésitation et revirement dans le choix d'un vêtement. Jimmy fait bonne figure. Il ne veut pas brusquer sa fille. Il est tout à sa disposition. Deuxième étape : une petite collation en attendant l'heure du déjeuner. Une tasse de chocolat chaud dans un salon de thé rue de la République.

Jimmy : « *ça va ?* »
Sylvia : « *oui.* »
Jimmy : « *à l'école aussi ? … C'est bientôt les vacances ?* »
Sylvia : « *oui papa.* »

Sylvia finit de boire sa tasse de chocolat tout en se léchant les babines. Jimmy a remarqué les réponses laconiques faites par sa fille à ses questions. En général, Sylvia est beaucoup plus volubile. Mais, il attend que sa fille décide d'elle-même de lui parler si réellement il y a quelque chose à savoir. Il a une grande confiance en sa fille. Ils prennent tout leur temps dans ce salon de thé, Jimmy profite de l'occasion pour engloutir deux ou trois financiers et refaire son stock de gâteaux sans oublier les mendiants, délicieux à croquer le soir devant la télévision.

Il lui raconte un peu son début de semaine de congés, surtout sa virée dans le parc de la Tête d'Or que Sylvia connaît très bien pour y avoir été à plusieurs reprises. Ils discutent aussi des prochaines grandes vacances au cours du mois où il aura la pleine garde de sa fille. Sylvia qui aime bien les surprises n'exprime pas vraiment un choix arrêté devant l'éventail des propositions faites par son père. Ce qui est sûr, elle aime bien prendre l'avion qu'importe où il l'emmène. Elle confia à son père le choix de sa mère pour les prochaines vacances : elles partent en Asie. Elle ne se souvient pas bien du nom du pays, mais qu'importe.

NEITH (La mystérieuse nubienne)

Jimmy n'est pas retourné sur son île natale depuis bien longtemps. Il avait projeté de faire ce voyage avec sa famille mais Youssoufou en avait décidé autrement.

C'est un crève-cœur pour lui lorsqu'il se souvient de cette période où tout était parfait, période où tout était possible. Il a en lui un vrai ressentiment envers l'entourage de Floriane. Parfois il culpabilise en pensant qu'il aurait pu éviter cette fin tragique de son couple, en se montrant plus ferme, plus "maître chez lui". Car enfin, comment cela peut-il se faire qu'un individu insignifiant puisse venir impunément faire la loi chez lui et détourner son épouse, même s'il est établi que ladite épouse a été sous influence ? Il le regrette amèrement .

C'est la raison pour laquelle il tient à sa fille comme à la prunelle de ses yeux. Il a constamment un œil rivé sur elle, prêt à intervenir en toute circonstance. Sylvia le sait. Elle sait que son père veille. Cela l'aide beaucoup même si elle n'est pas réellement malheureuse avec sa mère.

Du temps de son père, vivant à la maison , elle a acquis le réflexe de s'isoler quand les "Amis" de sa mère débarquent dans le salon et que sa mère est comme transfigurée, n'ayant d'yeux, d'attention et d'égards que pour ses amis. Ah les AMIS !!!!! Les chers AMIS !!!!!

Un dernier tour au « pipi-room » puis les voilà dans la rue, faisant quelques pas dans le centre de Lyon tout en dirigeant vers le parking pour ranger les paquets avant le déjeuner.

12h30. Restaurant « LE NORD » quel que part dans le centre. Sylvia est très fière d'être dans ce lieu où la cuisine est inspirée par un chef célébrissime et multi étoilé. Son père l'avait un peu briefée sur ce restaurant. Sa robe est parfaite pour l'occasion. Jimmy a toujours aimé les hauts lieux de la gastronomie lyonnaise. Et c'est sans hésitation qu'il partage cette passion avec sa fille qui malgré son jeune âge, semble apprécier ce plaisir de manger de bonnes choses et de fréquenter les bonnes tables en compagnie de son cher papa.

Ce fut un déjeuner sans histoire. Peu d'échanges entre eux. Ensuite, promenade digestive main dans la main. La suite ? Visite dans un musée dédiée à la soie. Sylvia a toujours voulu comprendre le métier de son père. Elle a dans sa garde-robe toute une collection de foulards en soie offerts par son père. Certains de ses foulards sont l'œuvre de son père. Elle les garde très précieusement, bien que de temps en temps, elle les retrouve au cou de sa mère. Juste un emprunt entre filles.

Au cours de cette visite au musée, elle apprit comment naît un foulard de soie. Elle eu le droit de choisir dans la salle des ventes du musée, un foulard offert par son père pour compléter sa collection.

A la fin de la visite, une autre surprise l'attend : un spectacle de Guignol dans le parc de la Tête d'Or. Sylvia est bon public. Le nouveau spectacle lui plaît beaucoup. Elle s'amuse bien. Elle semble heureuse.

Pour ne pas trop la fatiguer parce qu'il y a

école le lendemain, Jimmy propose de rentrer se reposer un peu avant le dîner.

Sylvia accepte de bon cœur.

Mais en s'acheminant vers la sortie du parc , soudain Sylvia se fige et serre très fortement la main de son père. Elle n'avance plus. Jimmy remarque l'attitude de sa fille et l'interroge aussitôt :

« Qu'est ce qu'il y a ? Dis moi, qu'est ce qu'il y a ? »

Sylvia est incapable de parler. Cette fois-ci elle lâche la main de son père et agrippe sa jambe. Jimmy réussit à se mettre à genoux , à sa hauteur pour la prendre dans ses bras et la rassurer. Sylvia enfonce le visage dans le cou de son père. Cette fois-ci, Jimmy est vraiment inquiet.

« Qu'est ce qu'il y a ma chérie ? Sylvia, regarde moi , dis moi qu'est ce que tu as ? parle moi .....»

Devant le mutisme et l'effroi de sa fille, Jimmy finit par la prendre dans ses bras. Son cou est enserré dans les petits bras de sa fille qui garde le visage caché. Il reprend le chemin d'un pas pressé vers la sortie du parc à travers la foule des mamans et des enfants venus assister au spectacle de Guignol.

Soudain, dans la foule opposée des visiteurs entrant dans le parc, Jimmy à son tour se fige . En face de lui, Neith, tout de blanc vêtue de la tête aux pieds : sari, foulard et ballerines blancs.

Jimmy ne peut croire à une coïncidence. Neith se dirige vers lui.

Neith : *« Bonsoir !»*
Neith : *« Bonsoir Mademoiselle !»*

Jimmy la fixe dans les yeux. Sylvia ne bouge pas de sa position, le visage toujours enfoui dans le cou de son père.

Jimmy : *« Bonsoir !»*
Neith : *« Bonsoir ! De sortie ?»*

Jimmy *: « Oui, et vous, que faites-vous ici !»*

Neith *: « Je me promène . Vous me présentez votre fille ?»*

A cette requête, Sylvia manifeste son désaccord en augmentant un peu plus la pression autour du cou de son père. Jimmy comprend le message.

Jimmy *: «Ma fille est fatiguée. Nous étions sur le chemin de retour à la maison »*

Neith *: « C'est quoi son prénom?»*

Jimmy *: « Sylvia .»*

Neith *: « Sylvia ? C'est le prénom de la fille d'une de mes amies à Caluire »*

Jimmy tombe de haut. Floriane habite à Caluire .

Jimmy *: « Je dois renter . A bientôt !»*

Neith *: « A bientôt !»*

Neith n'a pas vu le visage de Sylvia. Jimmy a

tout fait pour ne pas exposer sa fille.   Après quelques pas en direction de la sortie du parc :

Sylvia : *« Elle est partie ?»*
Jimmy : « De qui tu parles ?»
*Sylvia : « **Danae***»
Jimmy : « Qui ?»
Sylvia : « La femme qui parlait avec toi »
Jimmy : « Elle s'appelle Danae ? Tu es sûre ? Tu la connais ? Tu l'as déjà vue ?»

Demande t-il tout en continuant de marcher d'un pas décidé , avec Sylvia cramponnée à son cou.

Sylvia : « Oui, elle vient parfois à la maison. C'est une amie de maman»
Sylvia : « Je ne l'aime pas du tout. Elle me fait peur»
Jimmy : « Pourquoi elle te fait peur ?»

Sylvia : « Elle vient parfois dans ma chambre quand je dors»

Jimmy : « Bon sang de bonsoir !Elle vient faire quoi dans ta chambre ? Tu l'as dit à ta maman ?»

Sylvia : « Non »

Jimmy : « Elle fait quoi quand elle vient dans ta chambre ?»

Jimmy continue de marcher vers sa voiture.

Sylvia : « Je la voie devant mon lit avec un homme »

Jimmy est arrivé près de la voiture de location . Il ouvre la portière et installe Sylvia à l'arrière et boucle sa ceinture . Il s'installe un moment à l'arrière à côté d'elle pour la réconforter. Il la prend par la main. Il reste un moment silencieux.

Jimmy : « C'est qui cet homme qui vient avec elle dans ta chambre ?»

Sylvia prend un air désolé et désemparé .

Elle tourne la tête vers son père.

Sylvia : « Je ne sais pas papa ...... il brille »

Jimmy : « Il brille ? que veux-tu dire ma chérie ?»

Sylvia : « ... C'est comme s'il est entouré de lumière ..... Il brille ...... Je ne sais pas comment te dire .»

Jimmy : « Tu l'as dit à maman ?»

Sylvia : « Oui»

Jimmy : « Elle a fait quoi ta maman quand tu lui as dit ça?»

Sylvia : « Rien.»

Sylvia éclate en sanglots. Jimmy a la gorge serrée. Il tente de calmer et réconforter sa fille .

Sentant sa fille en grand danger, la colère monter en lui. Que faire ? Mille idées lui viennent à l'esprit . Mais comment traiter ce problème qui met sa fille unique en danger ? Et si au moins, il savait à quel danger réel sa fille est exposée en vivant sous le toit de sa mère . Comment mettre un terme à cette situation ? Prendre le problème en amont à savoir tout mettre en œuvre pour retirer sa fille de cet environnement toxique, ou en aval c'est à dire, faire en sorte que ces phénomènes ne perdurent. Dans tous les cas , il est décidé à agir, tout de suite, sans perdre une minute. Agir autrement serait non assistance à personne en danger. Il ne peut plus supporter cette situation qui vire au cauchemar . Il fera tout pour sauver sa fille. C'est devenu sa priorité absolue.

17

Arrivée chez Floriane. Jimmy conduit sa fille à la porte, et revient chercher les paquets .

Floriane vient les accueillir à la porte. Quelques minutes auparavant , elle est à la cuisine en train de préparer le dîner. Comme à chaque fois, Jimmy prolonge son moment avec sa fille en partageant le dîner.

Jusqu'à aujourd'hui, il s'agissait de prolonger son tête-à-tête avec sa fille. A partir d'aujourd'hui, il s'est assigné une nouvelle mission : sortir sa fille de l'emprise de sa mère et de cet environnement toxique.

Pendant que Sylvia est montée dans sa chambre se changer et prendre son bain, Jimmy rejoint Floriane à la cuisine. Elle lui sert un verre de son whisky préféré. Jimmy saisit le verre et l'observe longuement. Pas d'éléments troubles en suspension dans le whisky. Il hésite à porter le verre à ses lèvres. Floriane remarque l'attitude de son ex.

Floriane : *« Pourquoi tu ne bois pas ton whisky ? Tu as peur que je t'empoisonne ?»*
Jimmy : *« C'est qui **Danae**?»*

Floriane sursaute .

Floriane : *« D'où tu connais cette personne ?»*

Jimmy reste imperturbable. Floriane reconnaît cette colère froide qui le caractérise et dont il a le secret, qui peut être annonciatrice d'un séisme .

Jimmy : *« C'est qui **Danae**?»*
Floriane : *« C'est une amie»*

Jimmy dépose le verre de whisky sur la table, sans l'avoir bu , quitte la cuisine et part rejoindre sa fille dans sa chambre. Restée à la cuisine devant le plan de travail, Floriane est comme hébétée. Elle n'en revient pas que Jimmy connaisse l'existence de Danae.

Jusqu'à présent, Jimmy ne s'était jamais intéressé aux membres de son cercle d'amis actifs dans le cadre de ses activités paranormales. Alors pourquoi, de façon soudaine, Danae se retrouve au centre de ses préoccupations?

Jimmy redescend avec sa fille pour le dîner. Il l'installe et s'installe à son tour à côté d'elle . Ce qui n'est pas habituel. En principe , il est assis en face de sa fille. Floriane l'a remarqué, mais ne réagit pas à ce changement. Pour l'heure, elle semble préoccupée par la question de son ex au sujet de Danae mais ne dit mot.

Le dîner se déroule sans histoire. Jimmy se doit de créer une ambiance paisible et apaisée autour de sa fille, à défaut de sa mère. Étonnamment Floriane qui d'ordinaire est très volubile, n'a presque rien à dire. Elle avait pourtant annoncé à son ex , son désir de lui dire des choses. Mais ça , c'est avant d'avoir appris que son ex connaît l'existence de Danae.

Fin du dîner. Une demi-heure supplémentaire

avec sa fille avant de prendre congé. Sylvia semble apaisée. Elle n'a jamais douté du soutien et de la protection de son père. Elle sait que, quoi qu'il arrivera , son père sera toujours présent pour la défendre et la protéger.

Jimmy embrasse une toute dernière fois sa fille en la bordant dans son lit et redescend au rez de chaussé.

Floriane l'attend en bas des marches. Visiblement elle attend que l'orage éclate. Mais Jimmy se contente de lui dire au revoir et franchit le pas de la porte. Floriane n'en revient pas. Pour elle, connaissant son ex, son silence n'augure rien de bon pour elle . Elle attend la suite .

Arrivé chez lui, grosse surprise : un mot de Neith glissé sous la porte.

« Bonsoir, je suis passée vous voir. Neith .»

Rien de plus. Message laconique qui l'a mis

dans une colère monstre. Elle ne perd rien pour attendre. Mais tout d'abord, priorité à un bon bain. Il en a besoin. Son esprit s'est échaudé suite aux révélations de sa fille. Il bouillonne à l'intérieur. Il faut qu'il sache ce qui se passe autour de sa fille.

Disposant toujours de son véhicule de location, Jimmy reprend la route en direction de Vénissieux. Le même vieil ascenseur poussif. Étage 8. Devant la porte de Neith. Il ne sonne pas , il tambourine avec le poing et avec insistance . Il jette un œil à sa montre . 22h30. La porte s'ouvre . Neith apparaît .

Jimmy : _« Bonsoir Danae»_

Neith esquisse un sourire . Elle ne semble pas surprise de s'entendre appeler "Danae".

Neith : _« Bonsoir Jimmy. Entrez !»_

Jimmy lui emboîte le pas et pénètre dans l'appartement.

Neith : _« Vous avez dîné ? Je vous_

prépare quelque chose ?»

Jimmy : « Non, merci **Mademoiselle Danae**»

Neith : « Arrêtez avec ça !!!!»

Jimmy : « Arrêter avec quoi ? Arrêter de vous appeler Danae ? Arrêter de penser que vous hantez les nuits de ma fille ? Je continue ? »

Devant ce déballage, Neith disparaît dans la cuisine et revient quelques instants plus tard avec une bouteille de vin rouge et deux verres.

Jimmy : « Vous n'oubliez rien ? Où est votre fiole anesthésiante ?»

Neith ne se démonte pas . Elle pose les deux verres sur la table à côté de la bouteille de vin .

Neith : « Vous faites le service ?»

Jimmy reste inflexible . Il campe devant la table les mains dans ses poches. Il attend des réponses qui ne viennent pas . Il s'impatiente. Neith est calme. Très calme. Elle saisit la bouteille et le tire-bouchon. Elle s'approche de lui et lui tend la bouteille.

Neith : *« S'il vous plaît !»*

Après quelques instants d'hésitation, Jimmy daigne sortir les mains de ses poches et accepte d'ouvrir la bouteille de vin. Il fait le service. et remet les mains dans ses poches.

Jimmy : *« Et alors ?»*
Neith : *« A votre santé !»*

Jimmy accepte de trinquer.

Jimmy : *« Ça vient ? Je n'ai pas toute la nuit »*
Neith : *«   OK ! Que voulez-vous savoir ?»*
Jimmy : *« Je veux tout savoir. Je veux savoir pourquoi ma fille est en danger dans sa propre maison»*
Neith : *« Sylvia n'est pas en danger.*

Grâce à moi, elle n'est plus en danger»

Jimmy *: « Vous vous moquez de moi ?»*

Neith *: « Je ne me moque pas de vous. Je vous dis la vérité.»*

Jimmy *: « Commencez par me dire comment vous vous appelez»*

Neith *: « Neith comme vous le savez. C'est mon prénom. Vous pouvez me croire»*

Jimmy *: « Danae : votre nom de scène ?»*

Neith esquisse un sourire .

Neith *: « Je ne suis pas une comédienne»*

Neith *: « Danae , c'est comme Cymbia. »*

Jimmy *: « **Cymbia ?**»*

Neith *: « Le nom de baptême de Floriane»*

Jimmy *: « Comment connaissez-*

vous mon ex femme? C'est quoi ce nom de baptême ? De quoi parlez-vous ?»

Neith *: « Nous appartenons au même groupe de prières. C'est une coïncidence si nous nos sommes rencontrés vous et moi. Une vraie coïncidence. Croyez-moi. .... Certains événements nous dépassent. Nous ne pouvons pas toujours tout expliquer de façon rationnelle. »*

Jimmy *: « Qu'est ce que ma fille a à voir avec tout ça ? »*

Neith *: « Rien . Absolument rien.»*

Jimmy *: « Alors pourquoi vous venez hanter ses nuit? Je ne vous le dirai pas deux fois, foutez - lui la paix... »*

Neith *: « C'est pas si simple»*

Jimmy *: « Que voulez-vous dire ? »*

Neith *: « Ce n'est pas si simple parce que Floriane est sa mère et elle habite chez sa mère. Tant qu'elle sera dans cet environnement .... »*

Jimmy comprend à demi-mot ce que Neith

veut dire. Il a la confirmation que la maison de Floriane est devenue toxique pour sa fille. Tous les rituels sataniques qui s'y déroulent ont de quoi pervertir l'atmosphère dans ce lieu. Il regrette de n'avoir pas tout mis en œuvre pour obtenir la garde exclusive de sa fille. A l'époque, il n'avait pas voulu ajouter du stress au stress. Il avait essayé de garder un œil vigilant sur l'éducation de sa fille. Il n'était pas capable de mesurer les conséquences de ces rituels à répétition qui se déroulent dans cette maison. Du moins , jusqu'à aujourd'hui. Que faire ? Entamer une procédure pour obtenir la garde exclusive de sa fille en alléguant les dérives sectaires de son ex? Avoir une franche discussion avec son ex pour lui expliquer les ravages de ces rituels qui se déroulent chez elle, même si elle est sous l'emprise de ce salaud de Youssoufou ? Profiter de sa garde cet été pour repartir dans son pays et ne plus revenir ? Assassiner Youssoufou ?

Jimmy : « *Que voulez-vous dire ?*»
Neith : « *Je crois qu'il y a un moyen pour échapper à tout ça. Je ne sais pas*

si j'ai le droit de vous parler comme je le fais en ce moment. Je n'ai pas envie de risquer ma vie pour rien.»

Jimmy : « De quoi parlez-vous ? Vous venez hanter les nuits de ma fille et c'est vous qui seriez en danger de mort ? Vous vous foutez de qui ? Pourquoi vous ne me parlez pas franchement ? Bon sang , de quoi avez-vous peur ?»

Neith : « Vous vous souvenez de ce que je vous avais dit ? »

Jimmy : « Vous voulez parler du lampadaire ? »

Neith : « Ne parlez pas comme ça. C'est un esprit puissant. Vous devriez vous en méfier. »

Jimmy : « Vous m'avez dit que je l'ai repoussé. N'est ce pas ? »

Neith : « Oui, et c'est grâce à ça que Sylvia a pu lui échapper. Elle a de la chance. »

Jimmy : « Pourquoi ? »

Neith : « Votre sang coule dans ses

veines. Vous avez transmis le "répulsif " à votre fille . »

Jimmy : « Continuez ! »

Neith : « Je ne sais pas si je peux le dire .... Vous me mettez en danger en me posant toutes ces questions. »

Jimmy : « Je dois savoir ! Vous comprenez que je dois sauvez ma fille ? »

Neith : « Ok . Vous vous souvenez que j'ai été choisie dès ma naissance ... C'est pareil pour votre fille , mais son corps est inhabitable à cause du répulsif.... Cela n'empêche pas que l'esprit rode toujours autour d'elle . Rien ne peut le faire renoncer. Du moins , pour l'instant. »

Jimmy : « Que dois-je faire ? Que me conseillez-vous ? »

Avant d'expliquer ce que Jimmy pourrait faire pour sauver sa fille, Neith perd connaissance . Elle s'écroule et se retrouve à terre . Jimmy se précipite. Elle respire encore

, mais ne bouge pas. Ses yeux sont clos. Son corps semble tendu et sa température est très élevée. Jimmy , ne sais pas quoi faire . Il lui tapote les joues , sans résultat. Il se précipite dans la salle de bain, et revient avec une serviette mouillée qu'il passe sur son visage . Rien n'y fait . Alors, il sort son portable et compose le numéro d'urgence. Mais avant de commencer à parler:

Neith : « Ça va ! Ça va ! »
Jimmy : « Ça va ? »
Neith : « Rentrez chez vous. »

18

Tel un automate, Jimmy parvient jusqu'à son domicile dans le vieux quartier Saint-Jean, sans trop savoir comment il est parvenu à ce résultat depuis son départ mouvementé de Vénissieux. Sa colère n'est pas retombée. De plus, alors qu'il était tout près du but, le malaise de Neith a tout remis cause. Que faire des bribes d'information récoltées? Un verre de cognac , puis au lit.

Le lendemain, cinquième jour de ses congés, Jimmy ne peut résister à l'envie de retourner à Vénissieux.

Le rituel habituel : le vieil ascenseur poussif, l'arrêt à l'étage n° 8 , la porte de Neith . Il sonne une fois . Il sonne deux fois . Il sonne trois fois. Au moment il s'apprête à griffonner un message sur un bout de papier et le glisser sous la porte de Neith, la porte voisine s'ouvre. Un vieux monsieur sort la tête et interroge :

Le vieux monsieur : « Qui êtes vous ? Vous êtes de la famille ? »

Jimmy : « Non, je suis un ami. »

Le vieux monsieur : « Elle était si gentille...»

Jimmy : « Vous savez où elle est ? »

Le vieux monsieur : « Vous n' êtes pas au courant ? »

Jimmy : « Au courant de quoi ? »

Le vieux monsieur : « On l'a retrouvée morte chez elle dans la nuit »

Jimmy : « Morte ? Que s'est-il passé ?»

Le vieux monsieur : « En rentrant chez lui, le voisin de la porte du fond a remarqué que la porte de cette personne était grande ouverte . Et en jetant un coup d' œil à l'intérieur, il l'a découverte inanimée. Elle était étendue par terre ..... »

Jimmy reste sans voix. Puis :

« Au revoir monsieur .... »

Re ascenseur poussif . Rez de chaussé. La rue. La voiture .... Impossible de monter dans la voiture. Impossible de démarrer. Il est assommé. Il essaie de reprendre ses esprits. Il repense à sa dernière entrevue avec Neith. Oh merde il a bu du vin . Il ne voulait pas . Son verre est resté sur la table. ses empreintes . Grosse panique . Visite spontanée à la police ?

Armé de courage, il prit la direction de Caluire. Il a besoin de voir sa fille de toute urgence . Il sonne avec insistance à la villa. La femme de ménage vient ouvrir. Floriane dort encore. Une longue nuit de spiritisme l'a épuisée. Il faut qu'elle se réveille . Il le faut . La femme de ménage monte la prévenir. Où est Sylvia ? Ah oui à l'école. Oui ! Il s'affale dans un fauteuil . Quelques instants plus tard, Floriane descend, surprise de le voir là dans son salon.

Jimmy : *« Elle est morte ! »*
Floriane : *« Qui est morte ? »*

Jimmy : « Neith . »
Floriane : « Qui ? »
Jimmy : « Danae »
Floriane : « Quoi ? Comment le sais-tu ? »

Très calmement, très méthodiquement, Jimmy raconta toute l'histoire de a à z sans omettre aucun détail.

A peine a-t-il fini de raconter toute l'histoire que le téléphone sonne. C'est l'école qui prévient que Sylvia a eu un malaise et que le samu est sur place . Les parents sont attendus .

Floriane monte quatre à quatre les marches pour aller se changer et redescend à toute vitesse . La voiture de location est garée devant la villa.

Devant l'école, l'ambulance du samu. A l'intérieur, Sylvia reçoit les premiers soins en attendant les parents. Le médecin du samu explique la situation : au départ , un léger saignement du nez traité par la maîtresse.

Ensuite évanouissement . Puis actuellement dans un état proche du coma .

Floriane s'installe dans l'ambulance qui prend la direction du CHU de Lyon. Jimmy suit.   Admission en réanimation. Floriane répond aux questions du médecin pour expliquer les traces sur le corps de sa fille . Elle ne peut expliquer l'origine de ces traces . Jimmy non plus. La police est prévenue. Ils sont convoqués , interrogés et relâchés. Les traces ne proviennent ni de sévices corporels, ni d'une quelconque manifestation allergique. Retour au CHU.

Dans la salle d'attente, Jimmy accable son ex et la menace de révéler ses pratiques occultes à la police et réclamer la garde exclusive de sa fille , si elle ne prend pas l'engagement ferme et définitif de mettre un terme à ces pratiques sataniques.

Jimmy ne peut pas s'empêcher de faire le lien entre ce qui est arrivé à Neith et à sa fille. Il se concentre sur les bribes d'information recueillies auprès de Neith. Mais mises bout à bout, ces bribes d'information , ne le mènent nulle part. Neith n'a pas eu le temps de lui révéler la solution pour sauver et préserver sa fille. Il vit un vrai cauchemar.

Une idée fait son chemin dans son esprit. Neith avait plusieurs fois évoqué la présence d'un "répulsif" qui tient en respect cet esprit puissant. Donc, puisque son sang coule dans les veines de sa fille, et que le corps de Sylvia est inhabitable mais pas inaccessible, il faudra trouver un moyen rapide et efficace pour rendre ce corps inaccessible, définitivement. Mais comment faire ? Il faut trouver, d'autant plus que les nombreux examens pratiqués sur Sylvia , n'ont révélé aucune anomalie de type organique ou un quelconque dysfonctionnement fonctionnel.

Dans son île natale, les hommes partent de nombreux jours pêcher le poisson en haute mer. Mais avant de partir, ils laissent toujours aux mères , un vêtement porté par eux pendant vingt-quatre heures . Ce vêtement est soigneusement gardé en lieu sûr. Et en cas de nécessité, (fièvre ou autres), l'enfant malade est recouvert par ce vêtement porté par le père . Et cela contribue (semble t-il) à l'aider à recouvrir la santé. C'est une pratique très répandue dans son île.

Soit ! Mais Jimmy a un esprit cartésien. Il ne peut pas expliquer comment les flux corporels imprimés dans un vêtement peut contribuer à soigner une fièvre. Il ne sait pas l'expliquer, mais pourquoi pas? D'autre part, Sylvia, ne souffre pas de fièvre. Elle est dans un coma léger. Et il n'est pas question qu' un charlatan touche à sa fille.

Il se lève et se dirige vers la chambre de sa fille. Floriane est au chevet de sa fille. Sans dire un mot, il enlève sa chemise, puis son maillot de corps. Il remet sa chemise. Floriane ne comprend pas ce qui se passe. Il plie soigneusement son maillot de corps (porté depuis seulement quelques heures), et le dépose sur la poitrine de sa fille toujours inconsciente, à même sa peau. Il attrape ensuite sa main gauche, et la maintient fermement dans ses grandes mains et se concentre sur elle.

Il reste ainsi pendant plusieurs minutes, sous le regard dubitatif de Floriane. Il relâche enfin la main de sa fille, la dépose délicatement sur le lit (pour ne pas contrarier la perfusion mise en place depuis son hospitalisation), prend l'autre main et recommence la même opération avec la même délicatesse.

C'est un spectacle émouvant mettant en scène un père désespéré qui tente d'insuffler la vie à sa fille unique , à travers ses mains, ces deux mains dérisoires au service d'un Dieu qu'il ne connaît pas, et avec lequel il n'a pas souvent été en contact. Image surréaliste de cet homme plongé dans une prière silencieuse et intense, suppliant, implorant. Avec qui est-il en communion ? Toujours ce même Dieu qui a déserté son foyer pour faire place nette au diable ? Floriane ne le connaissait pas sous cet aspect. Elle le découvre. Elle est impressionnée. Son cœur bat très fort. Elle voudrait se joindre à lui dans cette opération de sauvetage, pour y ajouter sa propre énergie vitale. Mais elle n'ose pas le toucher. Elle est submergée par cette émotion créée par la vision de son ex , prêt à donner sa vie pour que vive sa fille unique. Il paraît que la foi permet de déplacer les montagnes. Mais a-ton besoin d'être croyant quand la vérité saute aux yeux, quand la volonté contredit l'impossible ? Sa concentration est si grande qu'il semble presque en transe.

Elle se lève et se rapproche de son ex . Elle a les larmes aux yeux. Elle peut mesurer l'amour de Jimmy pour sa fille. Elle ressent une profonde douleur d'avoir laissé partir cet homme si bon, si aimant, si attentionné, ce bon père de famille qui se bat pour la survie de sa fille.

19

Midi passé. Jimmy et Floriane sont assis chacun d'un côté du lit, les yeux rivés sur leur fille. L'infirmière de garde leur propose un plateau repas. Ils déclinent l'offre. Ils n'ont pas faim. Sylvia est dans un état stable, mais toujours inconsciente. Pour l'instant, il n' y a rien à faire . Il faut attendre . Le médecin chef passera en début d'après-midi. Ils en sauront plus.

Visite éclaire du médecin chef. Rien de nouveau . Il faut attendre. Les voilà replongés dans leur mutisme respectif et leur désespoir. C'est long même si chacun est prêt à passer sa vie entière dans cet hôpital, si cela peut aider Sylvia.

Floriane ressent le besoin de prendre une douche. Jimmy lui passe les clés de la voiture de location. Il reste seul avec sa fille . Il a les traits tirés. Il est nerveux, exténué. Il est au bord de la crise de nerf. Il se lève, et marche vers la fenêtre de la chambre . Il fixe un moment le ciel , puis se retourne et s'adosse à la fenêtre , le regard dirigé vers Sylvia.

Est ce une illusion d'optique ? Il lui semble avoir vu la main de sa fille bouger. Il se précipite vers le lit et regarde attentivement. Oui, la main bouge. Alors , il reprend délicatement cette main dans les siennes. Il faut continuer . Il se concentre à nouveau et reste ainsi pendant de longues minutes. A présent, c'est clair , Sylvia bouge réellement sa main.

Jimmy : *« Sylvia ! »*
Jimmy : *« Sylvia ma chérie, c'est papa »*

Quelques instants plus tard, sans savoir comment, sans savoir pourquoi, Sylvia ouvre les yeux , un peu étonnée de voir son papa à côté d'elle. Elle était à l'école avant son malaise. Elle était restée à cette image de la classe et de la maîtresse qui était venue traiter son saignement de nez. Elle ne se souvient que de cela.

Jimmy actionne la sonnette "infirmière". L'infirmière de garde arrive quelques instants plus tard. Elle vient constater l'évolution de l'état de la patiente Sylvia, et appelle le médecin chef. Une nouvelle vérification des constantes de base. Le verdict est sans appel : oui la patiente est bien sortie de son coma. Jimmy pleure de joie. Sylvia doit rester quelques jours en observation. Jimmy peut respirer à présent.

Joie de courte durée. L'inquiétude concernant la protection de sa fille refait surface. Comment protéger sa fille? Il ne sait pas expliquer pourquoi sa fille est sortie du coma. Il ne sait pas non plus si c'est ce protocole mélanésien qu'il a mis en œuvre qui a permis d'extirper sa fille des griffes du diable. Mais ce dont il est absolument sûr, c'est sa détermination à faire cesser les pratiques sataniques de son ex.

De son côté, à son arrivée à la villa, Floriane a passé plus d'une heure au téléphone avec Youssoufou, pour lui signifier qu'elle met un terme aux pratiques occultes et que c'est une décision sans appel. Youssoufou a tenté de l'en dissuader , mais sans résultat. Elle a été échaudée par le décès subit de Danae et par le malaise de sa fille. Elle est redevenue lucide tout d'un coup et veut reprendre le contrôle de sa vie. Rien n'est plus précieux que la vie de sa fille, rien ne pourra la détourner de son objectif de changer les choses autour d'elle.

De retour à l'hôpital, elle a apprend la bonne nouvelle. Elle ne sait pas comment annoncer sa décision à Jimmy. Elle n'ose pas lui dire que les choses ont changé dans sa vie et autour d'elle. Elle sait qu'elle a perdu toute crédibilité vis à vis de lui et qu'il sera difficile de regagner sa confiance.

Fin des heures de visite. C'est le moment de rentrer . Jimmy raccompagne son ex à la villa.

Mais au moment de descendre du véhicule :

Floriane :   *« Reviens à la maison ! »*

FIN

Éditeur : BoD-Books on Demand, 12/14 rond
point des Champs Élysées, 75008 Paris, France
Impression: BoD-Books on Demand, Norderstedt,
Allemagne
ISBN : 9782322096541
Dépôt légal : Août, 2016